Pierre Corneille

LA GALERIE DU PALAIS

Comédie

Adresse

À Madame de Liancour

    Madame, Monsieur, Je vous demande pardon si je vous fais un mauvais présent ; non pas que j'aie si mauvaise opinion de cette pièce, que je veuille condamner les applaudissements qu'elle a reçus, mais parce que je ne croirai jamais qu'un ouvrage de cette nature soit digne de vous être présenté. Aussi vous supplierai-je très humblement de ne prendre pas tant garde à la qualité de la chose, qu'au pouvoir de celui dont elle part : c'est tout ce que vous peut offrir un homme de ma sorte ; et Dieu ne m'ayant pas fait naître assez considérable pour être à votre service, je me tiendrai trop récompensé d'ailleurs si je puis contribuer en quelque façon à vos divertissements. De six comédies qui me sont échappées, si celle-ci n'est la meilleure, c'est la plus heureuse, et toutefois la plus malheureuse en ce point, que n'ayant pas eu l'honneur d'être vue de vous, il lui manque votre approbation, sans laquelle sa gloire est encore douteuse, et n'ose s'assurer sur les acclamations publiques. Elle vous la vient demander, Madame, avec cette protection qu'autrefois Mélite a trouvée si favorable. J'espère que votre bonté ne lui refusera pas l'une et l'autre, ou que si vous désapprouvez sa conduite, du moins vous agréez mon zèle, et me permettrez de me dire toute ma vie,

Madame,

Votre très humble, très obéissant, et très obligé serviteur,

Corneille.

Examen

Ce titre serait tout à fait irrégulier, puisqu'il n'est fondé que sur le spectacle du premier acte, où commence l'amour de Dorimant pour Hippolyte, s'il n'était autorisé par l'exemple des anciens, qui étaient sans doute encore bien plus licencieux, quand ils ne donnaient à leurs tragédies que le nom des chœurs, qui n'étaient que témoins de l'action, comme les *Trachiniennes* et les *Phéniciennes*. L'*Ajax* même de Sophocle ne porte pas pour titre la *Mort d'Ajax*, qui est sa principale action, mais *Ajax porte-fouet*, qui n'est que l'action du premier acte. Je ne parle point des *Nuées*, des *Guêpes* et des *Grenouilles* d'Aristophane ; ceci doit suffire pour montrer que les Grecs, nos premiers maîtres, ne s'attachaient point à la principale action pour en faire porter le nom à leurs ouvrages, et qu'ils ne gardaient aucune règle sur cet article. J'ai donc pris ce titre de la *Galerie du Palais*, parce que la promesse de ce spectacle extraordinaire, et agréable pour sa naïveté, devait exciter vraisemblablement la curiosité des auditeurs ; et ç'a été pour leur plaire plus d'une fois, que j'ai fait paraître ce même spectacle à la fin du quatrième acte, où il est entièrement inutile, et n'est renoué avec celui du premier que par des valets qui viennent prendre dans les boutiques ce que leurs maîtres y avaient acheté, ou voir si les marchands ont reçu les nippes qu'ils attendaient. Cette espèce de renouement lui était nécessaire, afin qu'il eût quelque liaison qui lui fît trouver sa place, et qu'il ne fût pas tout à fait hors d'œuvre. La rencontre que j'y fais faire d'Aronte et de Florice est ce qui le fixe particulièrement en ce lieu-là ; et sans cet incident, il eût été aussi propre à la fin du second et du troisième, qu'en la place qu'il occupe. Sans cet agrément la pièce aurait été très régulière pour l'unité du lieu et la liaison des scènes, qui n'est interrompue que par là. Célidée et Hippolyte sont deux voisines dont les demeures ne sont séparées que par le travers d'une rue, et ne sont pas d'une condition trop élevée pour souffrir que leurs amants les entretiennent à leur porte. Il est vrai que ce qu'elles y disent serait mieux dit dans une chambre ou dans une salle, et même ce n'est que pour se faire voir aux spectateurs qu'elles quittent cette porte où elles devraient être retranchées, et viennent parler au milieu de la scène ; mais c'est un accommodement de théâtre qu'il faut souffrir pour trouver cette rigoureuse unité de lieu qu'exigent les grands réguliers. Il sort un peu de l'exacte vraisemblance et de la bienséance même ; mais il est presque impossible d'en user autrement ; et les spectateurs y sont si accoutumés, qu'ils n'y trouvent rien qui les blesse. Les anciens, sur les exemples desquels on a formé les règles, se donnaient cette liberté ; ils choisissaient pour le lieu de leurs comédies, et même de leurs tragédies, une place publique ; mais je m'assure qu'à les bien examiner il y a plus de la moitié de ce qu'ils font dire qui serait mieux dit dans la maison qu'en cette place. Je n'en produirai qu'un exemple, sur qui le lecteur en pourra trouver d'autres.

L'*Andrienne* de Térence commence par le vieillard Simon, qui revient du marché avec des valets chargés de ce qu'il vient d'acheter pour les noces de son fils ; il leur commande d'entrer dans sa maison avec leur charge, et retient avec lui Sosie, pour lui apprendre que ces noces ne sont que des noces feintes, à dessein de voir ce qu'en dira son fils, qu'il croit engagé dans une autre affection dont il lui conte l'histoire. Je ne pense pas qu'aucun me dénie qu'il serait mieux dans sa salle à lui faire confidence de ce secret que dans une rue. Dans la seconde scène, il menace Davus de le maltraiter, s'il fait aucune fourbe pour troubler ses noces : il le menacerait plus à propos dans sa maison qu'en public ; et la seule raison qui le fait parler devant son logis, c'est afin que ce Davus, demeuré seul, puisse voir Mysis sortir de chez Glycère, et qu'il se fasse une liaison d'œil entre ces deux scènes ; ce qui ne regarde pas l'action présente de cette première, qui se passerait mieux dans la maison, mais une action future qu'ils ne prévoient point, et qui est plutôt du dessein du poète, qui force un peu la vraisemblance pour observer les règles de son art, que du choix des acteurs qui ont à parler, qui ne seraient pas où les met le poète, s'il n'était question que de dire ce qu'il leur fait dire. Je laisse aux curieux à examiner le reste de cette comédie de Térence ; et je veux croire qu'à moins que d'avoir l'esprit fort préoccupé d'un sentiment contraire, ils demeureront d'accord de ce que je dis.

Quant à la durée de cette pièce, elle est dans le même ordre que la précédente, c'est-à-dire dans cinq jours consécutifs. Le style en est plus fort et plus dégagé des pointes dont j'ai parlé, qui s'y trouveront assez rares. Le personnage de nourrice, qui est de la vieille comédie, et que le manque d'actrices sur nos théâtres y avait conservé jusqu'alors, afin qu'un homme le pût représenter sous le masque, se trouve ici métamorphosé en celui de suivante, qu'une femme représente sur son visage. Le caractère des deux amantes a quelque chose de choquant, en ce qu'elles sont toutes deux amoureuses d'hommes qui ne le sont point d'elles, et Célidée particulièrement s'emporte jusqu'à s'offrir elle-même. On la pourrait excuser sur le violent dépit qu'elle a de s'être vue méprisée par son amant, qui, en sa présence même a conté des fleurettes à une autre ; et j'aurais de plus à dire que nous ne mettons pas sur la scène des personnages si parfaits, qu'ils ne soient sujets à des défauts et aux faiblesses qu'impriment les passions ; mais je veux bien avouer que cela va trop avant, et passe trop la bienséance et la modestie du sexe, bien qu'absolument il ne soit pas condamnable. En récompense, le cinquième acte est moins traînant que celui des précédentes, et conclut deux mariages sans laisser aucun mécontent ; ce qui n'arrive pas dans celles-là.

Acteurs

Pleirante, père de Célidée.
Lysandre, amant de Célidée.
Dorimant, amoureux d'Hippolyte.
Chrysante, mère d'Hippolyte.
Célidée, fille de Pleirante.
Hippolyte, fille de Chrysante.
Aronte, écuyer de Lysandre.
Cléante, écuyer de Dorimant.
Florice, suivante d'Hippolyte.
Le Libraire du Palais.
Le Mercier du Palais.
La Lingère du Palais.

La scène est à Paris.

Acte premier

Scène première

Aronte, **Florice**

Aronte
Enfin je ne le puis : que veux-tu que j'y fasse ?
Pour tout autre sujet mon maître n'est que glace ;
Elle est trop dans son cœur ; on ne l'en peut chasser,
Et c'est folie à nous que de plus y penser.
J'ai beau devant les yeux lui remettre Hippolyte,
Parler de ses attraits, élever son mérite,
Sa grâce, son esprit, sa naissance, son bien ;
Je n'avance non plus qu'à ne lui dire rien :
L'amour, dont malgré moi son âme est possédée,
Fait qu'il en voit autant, ou plus, en Célidée.

Florice
Ne quittons pas pourtant ; à la longue on fait tout.
La gloire suit la peine : espérons jusqu'au bout.
Je veux que Célidée ait charmé son courage,
L'amour le plus parfait n'est pas un mariage ;
Fort souvent moins que rien cause un grand changement,
Et les occasions naissent en un moment.

Aronte
Je les prendrai toujours quand je les verrai naître.

Florice
Hippolyte, en ce cas, saura le reconnaître.

Aronte
Tout ce que j'en prétends, c'est un entier secret.
Adieu : je vais trouver Célidée à regret.

Florice
De la part de ton maître ?

Aronte
Oui.

Florice
Si j'ai bonne vue,
La voilà que son père amène vers la rue.
Tirons-nous à quartier ; nous jouerons mieux nos jeux,
S'ils n'aperçoivent point que nous parlions nous deux.

7/98

Scène II

Pleirante, **Célidée**

Pleirante
Ne pense plus, ma fille, à me cacher ta flamme ;
N'en conçois point de honte, et n'en crains point de blâme :
Le sujet qui l'allume a des perfections
Dignes de posséder tes inclinations ;
Et pour mieux te montrer le fond de mon courage,
J'aime autant son esprit que tu fais son visage.
Confesse donc, ma fille, et crois qu'un si beau feu
Veut être mieux traité que par un désaveu.

Célidée
Monsieur, il est tout vrai, son ardeur légitime
A tant gagné sur moi que j'en fais de l'estime ;
J'honore son mérite, et n'ai pu m'empêcher
De prendre du plaisir à m'en voir rechercher ;
J'aime son entretien, je chéris sa présence :
Mais cela n'est enfin qu'un peu de complaisance,
Qu'un mouvement léger qui passe en moins d'un jour.
Vos seuls commandements produiront mon amour ;
Et votre volonté, de la mienne suivie...

Pleirante
Favorisant ses vœux, seconde ton envie.
Aime, aime ton Lysandre ; et puisque je consens
Et que je t'autorise à ces feux innocents,
Donne-lui hardiment une entière assurance
Qu'un mariage heureux suivra son espérance ;
Engage-lui ta foi. Mais j'aperçois venir
Quelqu'un qui de sa part te vient entretenir.
Ma fille, adieu : les yeux d'un homme de mon âge
Peut-être empêcheraient la moitié du message.

Célidée
Il ne vient rien de lui qu'il faille vous celer.

Pleirante
Mais tu seras sans moi plus libre à lui parler ;
Et ta civilité, sans doute un peu forcée,
Me fait un compliment qui trahit ta pensée.

Scène III

Célidée, Aronte

Célidée
Que fait ton maître, Aronte ?

Aronte
Il m'envoie aujourd'hui
Voir ce que sa maîtresse a résolu de lui,
Et comment vous voulez qu'il passe la journée.

Célidée
Je serai chez Daphnis toute l'après-dînée ;
Et s'il m'aime, je crois que nous l'y pourrons voir.
Autrement...

Aronte
Ne pensez qu'à l'y bien recevoir.

Célidée
S'il y manque, il verra sa paresse punie.
Nous y devons dîner fort bonne compagnie ;
J'y mène, du quartier, Hippolyte et Chloris.

Aronte
Après elles et vous il n'est rien dans Paris ;
Et je n'en sache point, pour belles qu'on les nomme,
Qui puissent attirer les yeux d'un honnête homme.

Célidée
Je ne suis pas d'humeur bien propre à t'écouter,
Et ne prends pas plaisir à m'entendre flatter.
Sans que ton bel esprit tâche plus d'y paraître,
Mêle-toi de porter ma réponse à ton maître.

Aronte, *seul.*
Quelle superbe humeur ! quel arrogant maintien !
Si mon maître me croit, vous ne tenez plus rien ;
Il changera d'objet, ou j'y perdrai ma peine :
Aussi bien son amour ne vous rend que trop vaine.

Scène IV

La Lingère, le Libraire
(On tire un rideau, et l'on voit le libraire, la lingère et le mercier, chacun dans sa boutique.)

La Lingère
Vous avez fort la presse à ce livre nouveau ;
C'est pour vous faire riche.

Le Libraire
On le trouve si beau,
Que c'est pour mon profit le meilleur qui se voie.
Mais vous, que vous vendez de ces toiles de soie !

La Lingère
De vrai, bien que d'abord on en vendît fort peu,
À présent Dieu nous aime, on y court comme au feu ;
Je n'en saurais fournir autant qu'on m'en demande :
Elle sied mieux aussi que celle de Hollande,
Découvre moins le fard dont un visage est peint,
Et donne, ce me semble, un plus grand lustre au teint.
Je perds bien à gagner, de ce que ma boutique,
Pour être trop étroite, empêche ma pratique ;
À peine y puis-je avoir deux chalands à la fois :
Je veux changer de place avant qu'il soit un mois ;
J'aime mieux en payer le double et davantage,
Et voir ma marchandise en un bel étalage.

Le Libraire
Vous avez bien raison ; mais, à ce que j'entends...
Monsieur, vous plaît-il voir quelques livres du temps ?

Scène V

Dorimant, **Cléante**, **le Libraire**

Dorimant
Montrez-m'en quelques-uns.

Le Libraire
Voici ceux de la mode.

Dorimant
Ôtez-moi cet auteur, son nom seul m'incommode :
C'est un impertinent, ou je n'y connais rien.

Le Libraire
Ses œuvres toutefois se vendent assez bien.

Dorimant
Quantité d'ignorants ne songent qu'à la rime.

Le Libraire
Monsieur, en voici deux dont on fait grande estime ;
Considérez ce trait, on le trouve divin.

Dorimant
Il n'est que mal traduit du cavalier Marin ;
Sa veine, au demeurant, me semble assez hardie.

Le Libraire
Ce fut son coup d'essai que cette comédie.

Dorimant
Cela n'est pas tant mal pour un commencement ;
La plupart de ses vers coulent fort doucement :
Qu'il a de mignardise à décrire un visage !

Scène VI

Hippolyte, **Florice**, **Dorimant**, **Cléante**, **le Libraire**, **la Lingère**

Hippolyte
Madame, montrez-nous quelques collets d'ouvrage.

La Lingère
Je vous en vais montrer de toutes les façons.

Dorimant, *au libraire.*
Ce visage vaut mieux que toutes vos chansons.

La Lingère, *à Hippolyte.*
Voilà du point d'esprit, de Gênes, et d'Espagne.

Hippolyte
Ceci n'est guère bon qu'à des gens de campagne.

La Lingère
Voyez bien ; s'il en est deux pareils dans Paris...

Hippolyte
Ne les vantez point tant, et dites-nous le prix.

La Lingère
Quand vous aurez choisi.

Hippolyte
Que t'en semble, Florice ?

Florice
Ceux-là sont assez beaux, mais de mauvais service ;
En moins de trois savons on ne les connaît plus.

Hippolyte
Celui-ci, qu'en dis-tu ?

Florice
L'ouvrage en est confus,
Bien que l'invention de près soit assez belle.
Voici bien votre fait, n'était que la dentelle
Est fort mal assortie avec le passement ;
Cet autre n'a de beau que le couronnement.

La Lingère

Si vous pouviez avoir deux jours de patience,
Il m'en vient, mais qui sont dans la même excellence.
(Dorimant parle au libraire à l'oreille.)

Florice
Il vaudrait mieux attendre.

Hippolyte
Eh bien, nous attendrons ;
Dites-nous au plus tard quel jour nous reviendrons.

La Lingère
Mercredi j'en attends de certaines nouvelles.
Cependant vous faut-il quelques autres dentelles ?

Hippolyte
J'en ai ce qu'il m'en faut pour ma provision.

Le Libraire, *à Dorimant.*
J'en vais subtilement prendre l'occasion.
(À la lingère.)
La connais-tu, voisine ?

La Lingère
Oui, quelque peu de vue :
Quant au reste, elle m'est tout à fait inconnue.
(Dorimant tire Cléante au milieu du théâtre, et lui parle à l'oreille.)
Ce cavalier sans doute y trouve plus d'appas
Que dans tous vos auteurs ?

Cléante
Je n'y manquerai pas.

Dorimant
Si tu ne me vois là, je serai dans la salle.
(Il prend un livre sur la boutique du libraire.)
Je connais celui-ci ; sa veine est fort égale ;
Il ne fait point de vers qu'on ne trouve charmants.
Mais on ne parle plus qu'on fasse de romans ;
J'ai vu que notre peuple en était idolâtre.

Le Libraire
La mode est à présent des pièces de théâtre.

Dorimant
De vrai, chacun s'en pique ; et tel y met la main,
Qui n'eut jamais l'esprit d'ajuster un quatrain.

Scène VII

Lysandre, Dorimant, le Libraire, le Mercier

Lysandre
Je te prends sur le livre.

Dorimant
Eh bien, qu'en veux-tu dire ?
Tant d'excellents esprits, qui se mêlent d'écrire,
Valent bien qu'on leur donne une heure de loisir.

Lysandre
Y trouves-tu toujours une heure de plaisir ?
Beaucoup font bien des vers, et peu la comédie.

Dorimant
Ton goût, je m'en assure, est pour la Normandie.

Lysandre
Sans rien spécifier, peu méritent de voir ;
Souvent leur entreprise excède leur pouvoir :
Et tel parle d'amour sans aucune pratique.

Dorimant
On n'y sait guère alors que la vieille rubrique :
Faute de le connaître, on l'habille en fureur
Et loin d'en faire envie, on nous en fait horreur.
Lui seul de ses effets a droit de nous instruire ;
Notre plume à lui seul doit se laisser conduire :
Pour en bien discourir, il faut l'avoir bien fait ;
Un bon poète ne vient que d'un amant parfait.

Lysandre
Il n'en faut point douter, l'amour a des tendresses
Que nous n'apprenons point qu'auprès de nos maîtresses.
Tant de sorte d'appas, de doux saisissements,
D'agréables langueurs et de ravissements,
Jusques où d'un bel œil peut s'étendre l'empire,
Et mille autres secrets que l'on ne saurait dire
(Quoi que tous nos rimeurs en mettent par écrit),
Ne se surent jamais par un effort d'esprit ;
Et je n'ai jamais vu de cervelles bien faites
Qui traitassent l'amour à la façon des poètes :
C'est tout un autre jeu. Le style d'un sonnet
Est fort extravagant dedans un cabinet ;

14/98

Il y faut bien louer la beauté qu'on adore,
Sans mépriser Vénus, sans médire de Flore,
Sans que l'éclat des lis, des roses, d'un beau jour,
Ait rien à démêler avecque notre amour.
Ô pauvre comédie, objet de tant de veines,
Si tu n'es qu'un portrait des actions humaines,
On te tire souvent sur un original
À qui, pour dire vrai, tu ressembles fort mal !

Dorimant
Laissons la muse en paix, de grâce à la pareille.
Chacun fait ce qu'il peut, et ce n'est pas merveille
Si, comme avec bon droit on perd bien un procès,
Souvent un bon ouvrage a de faibles succès.
Le jugement de l'homme, ou plutôt son caprice,
Pour quantité d'esprits n'a que de l'injustice :
J'en admire beaucoup dont on fait peu d'état ;
Leurs fautes, tout au pis, ne sont pas coups d'État,
La plus grande est toujours de peu de conséquence.

Le Libraire
Vous plairait-il de voir des pièces d'éloquence ?

Lysandre
(Ayant regardé le titre d'un livre que le libraire lui présente.)
J'en lus hier la moitié ; mais son vol est si haut,
Que presque à tous moments je me trouve en défaut.

Dorimant
Voici quelques auteurs dont j'aime l'industrie.
Mettez ces trois à part, mon maître, je vous prie ;
Tantôt un de mes gens vous les viendra payer.

Lysandre, *se retirant d'auprès les boutiques.*
Le reste du matin où veux-tu l'employer ?

Le Mercier
Voyez deçà, messieurs ; vous plaît-il rien du nôtre ?
Voyez, je vous ferai meilleur marché qu'un autre,
Des gants, des baudriers, des rubans, des castors.

Scène VIII

Dorimant, **Lysandre**

Dorimant
Je ne saurais encor te suivre si tu sors :
Faisons un tour de salle, attendant mon Cléante.

Lysandre
Qui te retient ici ?

Dorimant
L'histoire en est plaisante :
Tantôt, comme j'étais sur le livre occupé,
Tout proche on est venu choisir du point coupé.

Lysandre
Qui ?

Dorimant
C'est la question ; mais s'il faut s'en remettre
À ce qu'à mes regards sa coiffe a pu permettre,
Je n'ai rien vu d'égal : mon Cléante la suit,
Et ne reviendra point qu'il n'en soit bien instruit,
Qu'il n'en sache le nom, le rang et la demeure.

Lysandre
Ami, le cœur t'en dit.

Dorimant
Nullement, ou je meure ;
Voyant je ne sais quoi de rare en sa beauté,
J'ai voulu contenter ma curiosité.

Lysandre
Ta curiosité deviendra bientôt flamme ;
C'est par là que l'amour se glisse dans une âme.
À la première vue, un objet qui nous plaît
N'inspire qu'un désir de savoir quel il est ;
On en veut aussitôt apprendre davantage,
Voir si son entretien répond à son visage,
S'il est civil ou rude, importun ou charmeur,
Éprouver son esprit, connaître son humeur :
De là cet examen se tourne en complaisance ;
On cherche si souvent le bien de sa présence,
Qu'on en fait habitude, et qu'au point d'en sortir

16/98

Quelque regret commence à se faire sentir :
On revient tout rêveur ; et notre âme blessée,
Sans prendre garde à rien, cajole sa pensée.
Ayant rêvé le jour, la nuit à tous propos
On sent je ne sais quoi qui trouble le repos ;
Un sommeil inquiet, sur de confus nuages,
Élève incessamment de flatteuses images,
Et sur leur vain rapport fait naître des souhaits
Que le réveil admire et ne dédit jamais ;
Tout le cœur court en hâte après de si doux guides ;
Et le moindre larcin que font ses vœux timides
Arrête le larron, et le met dans les fers.

Dorimant
Ainsi tu fus épris de celle que tu sers ?

Lysandre
C'est un autre discours ; à présent je ne touche
Qu'aux ruses de l'amour contre un esprit farouche,
Qu'il faut apprivoiser presque insensiblement,
Et contre ses froideurs combattre finement.
Des naturels plus doux...

Scène IX

Dorimant, **Lysandre**, **Cléante**

Dorimant
Eh bien, elle s'appelle ?

Cléante
Ne m'informez de rien qui touche cette belle.
Trois filous rencontrés vers le milieu du pont,
Chacun l'épée au poing, m'ont voulu faire affront,
Et sans quelques amis qui m'ont tiré de peine,
Contr'eux ma résistance eût peut-être été vaine ;
Ils ont tourné le dos, me voyant secouru,
Mais ce que je suivais tandis est disparu.

Dorimant
Les traîtres ! trois contre un ! t'attaquer ! te surprendre !
Quels insolents vers moi s'osent ainsi méprendre ?

Cléante
Je ne connais qu'un d'eux, et c'est là le retour
De quelques tours de main qu'il reçut l'autre jour,
Lorsque, m'ayant tenu quelques propos d'ivrogne,
Nous eûmes prise ensemble à l'hôtel de Bourgogne.

Dorimant
Qu'on le trouve où qu'il soit ; qu'une grêle de bois
Assemble sur lui seul le châtiment des trois ;
Et que sous l'étrivière il puisse tôt connaître,
Quand on se prend aux miens, qu'on s'attaque à leur maître !

Lysandre
J'aime à te voir ainsi décharger ton courroux :
Mais voudrais-tu parler franchement entre nous ?

Dorimant
Quoi ! tu doutes encor de ma juste colère ?

Lysandre
En ce qui le regarde, elle n'est que légère :
En vain pour son sujet tu fais l'intéressé ;
Il a paré des coups dont ton cœur est blessé :
Cet accident fâcheux te vole une maîtresse ;
Confesse ingénument, c'est là ce qui te presse.

Dorimant
Pourquoi te confesser ce que tu vois assez ?
Au point de se former, mes desseins renversés,
Et mon désir trompé, poussent dans ces contraintes,
Sous de faux mouvements, de véritables plaintes.

Lysandre
Ce désir, à vrai dire, est un amour naissant
Qui ne sait où se prendre, et demeure impuissant ;
Il s'égare et se perd dans cette incertitude ;
Et renaissant toujours de ton inquiétude,
Il te montre un objet d'autant plus souhaité,
Que plus sa connaissance a de difficulté.
C'est par là que ton feu davantage s'allume :
Moins on l'a pu connaître, et plus on en présume ;
Notre ardeur curieuse en augmente le prix.

Dorimant
Que tu sais cher ami, lire dans les esprits !
Et que, pour bien juger d'une secrète flamme,
Tu pénètres avant dans les ressorts d'une âme !

Lysandre
Ce n'est pas encor tout, je veux te secourir.

Dorimant
Oh, que je ne suis pas en état de guérir !
L'amour use sur moi de trop de tyrannie.

Lysandre
Souffre que je te mène en une compagnie
Où l'objet de mes vœux m'a donné rendez-vous ;
Les divertissements t'y sembleront si doux,
Ton âme en un moment en sera si charmée
Que, tous ses déplaisirs dissipés en fumée,
On gagnera sur toi fort aisément ce point
D'oublier un objet que tu ne connais point.
Mais garde-toi surtout d'une jeune voisine
Que ma maîtresse y mène ; elle est et belle et fine,
Et sait si dextrement ménager ses attraits,
Qu'il n'est pas bien aisé d'en éviter les traits.

Dorimant
Au hasard, fais de moi tout ce que bon te semble.

Lysandre
Donc, en attendant l'heure, allons dîner ensemble.

Scène X

Hippolyte, **Florice**

Hippolyte
Tu me railles toujours.

Florice
S'il ne vous veut du bien,
Dites assurément que je n'y connais rien.
Je le considérais tantôt chez ce libraire ;
Ses regards de sur vous ne pouvaient se distraire,
Et son maintien était dans une émotion
Qui m'instruisait assez de son affection.
Il voulait vous parler, et n'osait l'entreprendre.

Hippolyte
Toi, ne me parle point, ou parle de Lysandre :
C'est le seul dont la vue excite mon ardeur.

Florice
Et le seul qui pour vous n'a que de la froideur.
Célidée est son âme, et tout autre visage
N'a point d'assez beaux traits pour toucher son courage ;
Son brasier est trop grand, rien ne peut l'amortir :
En vain son écuyer tâche à l'en divertir,
En vain, jusques aux cieux portant votre louange,
Il tâche à lui jeter quelque amorce du change,
Et lui dit jusque-là que dans votre entretien
Vous témoignez souvent de lui vouloir du bien ;
Tout cela n'est qu'autant de paroles perdues.

Hippolyte
Faute d'être sans doute assez bien entendues.

Florice
Ne le présumez pas, il faut avoir recours
À de plus hauts secrets qu'à ces faibles discours.
Je fus fine autrefois, et depuis mon veuvage
Ma ruse chaque jour s'est accrue avec l'âge :
Je me connais en monde, et sais mille ressorts
Pour débaucher une âme et brouiller des accords.

Hippolyte
Dis promptement, de grâce.

20/98

Florice
À présent l'heure presse,
Et je ne vous saurais donner qu'un mot d'adresse.
Cette voisine et vous... Mais déjà la voici.

Scène XI

Célidée, **Hippolyte**, **Florice**

Célidée
À force de tarder, tu m'as mise en souci :
Il est temps, et Daphnis par un page me mande
Que pour faire servir on n'attend que ma bande ;
Le carrosse est tout prêt : allons, veux-tu venir ?

Hippolyte
Lysandre après dîner t'y vient entretenir ?

Célidée
S'il osait y manquer, je te donne promesse
Qu'il pourrait bien ailleurs chercher une maîtresse.

Acte II

Scène première

Hippolyte, Dorimant

Hippolyte
Ne me contez point tant que mon visage est beau :
Ces discours n'ont pour moi rien du tout de nouveau ;
Je le sais bien sans vous, et j'ai cet avantage,
Quelques perfections qui soient sur mon visage,
Que je suis la première à m'en apercevoir :
Pour me les bien apprendre, il ne faut qu'un miroir ;
J'y vois en un moment tout ce que vous me dites.

Dorimant
Mais vous n'y voyez pas tous vos rares mérites :
Cet esprit tout divin et ce doux entretien
Ont des charmes puissants dont il ne montre rien.

Hippolyte
Vous les montrez assez par cette après-dînée
Qu'à causer avec moi vous vous êtes donnée ;
Si mon discours n'avait quelque charme caché,
Il ne vous tiendrait pas si longtemps attaché.
Je vous juge plus sage, et plus aimer votre aise,
Que d'y tarder ainsi sans que rien vous y plaise ;
Et si je présumais qu'il vous plût sans raison,
Je me ferais moi-même un peu de trahison ;
Et par ce trait badin qui sentirait l'enfance,
Votre beau jugement recevrait trop d'offense.
Je suis un peu timide, et dût-on me jouer,
Je n'ose démentir ceux qui m'osent louer.

Dorimant
Aussi vous n'avez pas le moindre lieu de craindre
Qu'on puisse, en vous louant ni vous flatter ni feindre ;
On voit un tel éclat en vos brillants appas,
Qu'on ne peut l'exprimer, ni ne l'adorer pas.

Hippolyte
Ni ne l'adorer pas ! Par là vous voulez dire...

Dorimant
Que mon cœur désormais vit dessous votre empire,
Et que tous mes desseins de vivre en liberté
N'ont rien eu d'assez fort contre votre beauté.

24/98

Hippolyte
Quoi ? mes perfections vous donnent dans la vue ?

Dorimant
Les rares qualités dont vous êtes pourvue
Vous ôtent tout sujet de vous en étonner.

Hippolyte
Cessez aussi, monsieur, de vous l'imaginer.
Si vous brûlez pour moi, ce ne sont pas merveilles ;
J'ai de pareils discours chaque jour aux oreilles,
Et tous les gens d'esprit en font autant que vous.

Dorimant
En amour toutefois je les surpasse tous.
Je n'ai point consulté pour vous donner mon âme ;
Votre premier aspect sut allumer ma flamme,
Et je sentis mon cœur, par un secret pouvoir,
Aussi prompt à brûler que mes yeux à vous voir.

Hippolyte
Avoir connu d'abord combien je suis aimable,
Encor qu'à votre avis il soit inexprimable,
Ce grand et prompt effet m'assure puissamment
De la vivacité de votre jugement.
Pour moi, que la nature a faite un peu grossière,
Mon esprit, qui n'a pas cette vive lumière,
Conduit trop pesamment toutes ses fonctions
Pour m'avertir sitôt de vos perfections.
Je vois bien que vos feux méritent récompense :
Mais de les seconder ce défaut me dispense.

Dorimant
Railleuse !

Hippolyte
Excusez-moi, je parle tout de bon.

Dorimant
Le temps de cet orgueil me fera la raison ;
Et nous verrons un jour, à force de services,
Adoucir vos rigueurs et finir mes supplices.

Scène II

Dorimant, Lysandre, Hippolyte, Florice
(Lysandre sort de chez Célidée, et passe sans s'arrêter, leur donnant seulement un coup de chapeau.)

Hippolyte
Peut-être l'avenir... Tout beau, coureur, tout beau !
On n'est pas quitte ainsi pour un coup de chapeau :
Vous aimez l'entretien de votre fantaisie ;
Mais pour un cavalier c'est peu de courtoisie,
Et cela messied fort à des hommes de cour,
De n'accompagner pas leur salut d'un bonjour.

Lysandre
Puisque auprès d'un sujet capable de nous plaire
La présence d'un tiers n'est jamais nécessaire,
De peur qu'il en reçût quelque importunité,
J'ai mieux aimé manquer à la civilité.

Hippolyte
Voilà parer mon coup d'un galant artifice,
Comme si je pouvais... Que me veux-tu, Florice ?
(Florice sort et parle à Hippolyte à l'oreille.)
Dis-lui que je m'en vais. Messieurs, pardonnez-moi,
On me vient d'apporter une fâcheuse loi ;
Incivile à mon tour, il faut que je vous quitte.
Une mère m'appelle.

Dorimant
Adieu, belle Hippolyte,
Adieu : souvenez-vous...

Hippolyte
Mais vous, n'y songez plus.

Scène III

Lysandre
Quoi ! Dorimant, ce mot t'a rendu tout confus !

Dorimant
Ce mot à mes désirs laisse peu d'espérance.

Lysandre
Tu ne la vois encor qu'avec indifférence ?

Dorimant
Comme toi Célidée.

Lysandre
Elle eut donc chez Daphnis,
Hier dans son entretien des charmes infinis ?
Je te l'avais bien dit que ton âme à sa vue
Demeurerait, ou prise, ou puissamment émue ;
Mais tu n'as pas sitôt oublié la beauté
Qui fit naître au Palais ta curiosité ?
Du moins ces deux objets balancent ton courage ?

Dorimant
Sais-tu bien que c'est là justement mon visage,
Celui que j'avais vu le matin au Palais ?

Lysandre
À ce compte...

Dorimant
J'en tiens, ou l'on n'en tint jamais.

Lysandre
C'est consentir bientôt à perdre ta franchise.

Dorimant
C'est rendre un prompt hommage aux yeux qui me l'ont prise.

Lysandre
Puisque tu les connais, je ne plains plus ton mal.

Dorimant
Leur coup, pour les connaître, en est-il moins fatal ?

Lysandre

Non, mais du moins ton cœur n'est plus à la torture
De voir tes vœux forcés d'aller à l'aventure ;
Et cette belle humeur de l'objet qui t'a pris...

Dorimant
Sous un accueil riant cache un subtil mépris.
Ah, que tu ne sais pas de quel air on me traite !

Lysandre
Je t'en avais jugé l'âme fort satisfaite :
Et cette gaie humeur, qui brillait dans ses yeux,
M'en promettait pour toi quelque chose de mieux.

Dorimant
Cette belle, de vrai, quoique toute de glace,
Mêle dans ses froideurs je ne sais quelle grâce,
Par où tout de nouveau je me laisse gagner,
Et consens, peu s'en faut, à m'en voir dédaigner.
Loin de s'en affaiblir, mon amour s'en augmente ;
Je demeure charmé de ce qui me tourmente.
Je pourrais de toute autre être le possesseur,
Que sa possession aurait moins de douceur.
Je ne suis plus à moi quand je vois Hippolyte
Rejeter ma louange et vanter son mérite,
Négliger mon amour ensemble et l'approuver,
Me remplir tout d'un temps d'espoir et m'en priver,
Me refuser son cœur en acceptant mon âme,
Faire état de mon choix en méprisant ma flamme.
Hélas ! en voilà trop : le moindre de ces traits
A pour me retenir de trop puissants attraits ;
Trop heureux d'avoir vu sa froideur enjouée
Ne se point offenser d'une ardeur avouée !

Lysandre
Son adieu toutefois te défend d'y songer,
Et ce commandement t'en devrait dégager.

Dorimant
Qu'un plus capricieux d'un tel adieu s'offense ;
Il me donne un conseil plutôt qu'une défense,
Et par ce mot d'avis, son cœur sans amitié
Du temps que j'y perdrai montre quelque pitié.

Lysandre
Soit défense ou conseil, de rien ne désespère ;
Je te réponds déjà de l'esprit de sa mère.
Pleirante son voisin lui parlera pour toi ;
Il peut beaucoup sur elle, et fera tout pour moi.
Tu sais qu'il m'a donné sa fille pour maîtresse.
Tâche à vaincre Hippolyte avec un peu d'adresse,
Et n'appréhende pas qu'il en faille beaucoup :

Tu verras sa froideur se perdre tout d'un coup.
Elle ne se contraint à cette indifférence
Que pour rendre une entière et pleine déférence,
Et cherche, en déguisant son propre sentiment,
La gloire de n'aimer que par commandement.

Dorimant
Tu me flattes, ami, d'une attente frivole.

Lysandre
L'effet suivra de près.

Dorimant
Mon cœur, sur ta parole,
Ne se résout qu'à peine à vivre plus content.

Lysandre
Il se peut assurer du bonheur qu'il prétend ;
J'y donnerai bon ordre. Adieu : le temps me presse,
Et je viens de sortir d'auprès de ma maîtresse ;
Quelques commissions dont elle m'a chargé
M'obligent maintenant à prendre ce congé.

Scène IV

Dorimant, **Florice**

Dorimant, *seul.*
Dieux ! qu'il est malaisé qu'une âme bien atteinte
Conçoive de l'espoir qu'avec un peu de crainte !
Je dois toute croyance à la foi d'un ami,
Et n'ose cependant m'y fier qu'à demi.
Hippolyte, d'un mot, chasserait ce caprice.
Est-elle encore en haut ?

Florice
Encore.

Dorimant
Adieu, Florice.
Nous la verrons demain.

Scène V

Hippolyte, **Florice**

Florice
Il vient de s'en aller.
Sortez.

Hippolyte
Mais fallait-il ainsi me rappeler,
Me supposer ainsi des ordres d'une mère ?
Sans mentir, contre toi j'en suis toute en colère :
À peine ai-je attiré Lysandre en nos discours,
Que tu viens par plaisir en arrêter le cours.

Florice
Eh bien ! prenez-vous-en à mon impatience
De vous communiquer un trait de ma science :
Cet avis important tombé dans mon esprit
Méritait qu'aussitôt Hippolyte l'apprît ;
Je vais sans perdre temps y disposer Aronte.

Hippolyte
J'ai la mine après tout d'y trouver mal mon conte.

Florice
Je sais ce que je fais, et ne perds point mes pas ;
Mais de votre côté ne vous épargnez pas ;
Mettez tout votre esprit à bien mener la ruse.

Hippolyte
Il ne faut point par là te préparer d'excuse.
Va, suivant le succès, je veux à l'avenir
Du mal que tu m'as fait perdre le souvenir.

Scène VI

Hippolyte, **Célidée**

Hippolyte, *frappant à la porte de Célidée.*
Célidée, es-tu là ?

Célidée
Que me veut Hippolyte ?

Hippolyte
Délasser mon esprit une heure en ta visite.
Que j'ai depuis un jour un importun amant !
Et que, pour mon malheur, je plais à Dorimant !

Célidée
Ma sœur, que me dis-tu ? Dorimant t'importune !
Quoi ! j'enviais déjà ton heureuse fortune,
Et déjà dans l'esprit je sentais quelque ennui
D'avoir connu Lysandre auparavant que lui.

Hippolyte
Ah ! ne me raille point. Lysandre, qui t'engage,
Est le plus accompli des hommes de son âge.

Célidée
Je te jure, à mes yeux l'autre l'est bien autant.
Mon cœur a de la peine à demeurer constant ;
Et pour te découvrir jusqu'au fond de mon âme,
Ce n'est plus que ma foi qui conserve ma flamme :
Lysandre me déplaît de me vouloir du bien.
Plût aux dieux que son change autorisât le mien,
Ou qu'il usât vers moi de tant de négligence,
Que ma légèreté se pût nommer vengeance !
Si j'avais un prétexte à me mécontenter,
Tu me verrais bientôt résoudre à le quitter.

Hippolyte
Simple, présumes-tu qu'il devienne volage
Tant qu'il verra l'amour régner sur ton visage ?
Ta flamme trop visible entretient ses ferveurs,
Et ses feux dureront autant que tes faveurs.

Célidée
Il semble, à t'écouter, que rien ne le retienne
Que parce que sa flamme a l'aveu de la mienne.

Hippolyte

Que sais-je ? Il n'a jamais éprouvé tes rigueurs ;
L'amour en même temps sut embraser vos cœurs ;
Et même j'ose dire, après beaucoup de monde,
Que sa flamme vers toi ne fut que la seconde.
Il se vit accepter avant que de s'offrir ;
Il ne vit rien à craindre, il n'eut rien à souffrir ;
Il vit sa récompense acquise avant la peine,
Et devant le combat sa victoire certaine.
Un homme est bien cruel quand il ne donne pas
Un cœur qu'on lui demande avecque tant d'appas.
Qu'à ce prix la constance est une chose aisée,
Et qu'autrefois par là je me vis abusée !
Alcidor, que mes yeux avaient si fort épris,
Courut au changement dès le premier mépris.
La force de l'amour paraît dans la souffrance.
Je le tiens fort douteux, s'il a tant d'assurance.
Qu'on en voit s'affaiblir pour un peu de longueur !
Et qu'on en voit céder à la moindre rigueur !

Célidée

Je connais mon Lysandre, et sa flamme est trop forte
Pour tomber en soupçon qu'il m'aime de la sorte.
Toutefois un dédain éprouvera ses feux.
Ainsi, quoi qu'il en soit, j'aurai ce que je veux ;
Il me rendra constante, ou me fera volage :
S'il m'aime, il me retient ; s'il change, il me dégage.
Suivant ce qu'il aura d'amour ou de froideur,
Je suivrai ma nouvelle ou ma première ardeur.

Hippolyte

En vain tu t'y résous : ton âme un peu contrainte,
Au travers de tes yeux lui trahira ta feinte.
L'un d'eux dédira l'autre, et toujours un souris
Lui fera voir assez combien tu le chéris.

Célidée

Ce n'est qu'un faux soupçon qui te le persuade ;
J'armerai de rigueurs jusqu'à la moindre œillade,
Et réglerai si bien toutes mes actions,
Qu'il ne pourra juger de mes intentions.
Pour le moins aussitôt que par cette conduite
Tu seras de son cœur suffisamment instruite,
S'il demeure constant, l'amour et la pitié,
Avant que dire adieu, renoueront l'amitié.

Célidée

Il va bientôt venir. Va-t'en, et sois certaine
De ne voir d'aujourd'hui Lysandre hors de peine.

Hippolyte
Et demain ?

Célidée
Je t'irai conter ses mouvements
Et touchant l'avenir prendre tes sentiments.
Ô dieux ! si je pouvais changer sans infamie !

Hippolyte
Adieu. N'épargne en rien ta plus fidèle amie.

Scène VII

Célidée
Quel étrange combat ! Je meurs de le quitter,
Et mon reste d'amour ne le peut maltraiter.
Mon âme veut et n'ose, et bien que refroidie,
N'aura trait de mépris si je ne l'étudie.
Tout ce que mon Lysandre a de perfections
Se vient offrir en foule à mes affections.
Je vois mieux ce qu'il vaut lorsque je l'abandonne,
Et déjà la grandeur de ma perte m'étonne.
Pour régler sur ce point mon esprit balancé,
J'attends ses mouvements sur mon dédain forcé ;
Ma feinte éprouvera si son amour est vraie.
Hélas ! ses yeux me font une nouvelle plaie.
Prépare-toi, mon cœur, et laisse à mes discours
Assez de liberté pour trahir mes amours.

Scène VIII

Lysandre, **Célidée**

Célidée
Quoi ? j'aurai donc de vous encore une visite !
Vraiment pour aujourd'hui je m'en estimais quitte.

Lysandre
Une par jour suffit, si tu veux endurer
Qu'autant comme le jour je la fasse durer.

Célidée
Pour douce que nous soit l'ardeur qui nous consume,
Tant d'importunité n'est point sans amertume.

Lysandre
Au lieu de me donner ces appréhensions,
Apprends ce que j'ai fait sur tes commissions.

Célidée
Je ne vous en chargeai qu'afin de me défaire
D'un entretien chargeant, et qui m'allait déplaire.

Lysandre
Depuis quand donnez-vous ces qualités aux miens ?

Célidée
Depuis que mon esprit n'est plus dans vos liens.

Lysandre
Est-ce donc par gageure, ou par galanterie ?

Célidée
Ne vous flattez point tant que ce soit raillerie.
Ce que j'ai dans l'esprit je ne le puis celer,
Et ne suis pas d'humeur à rien dissimuler.

Lysandre
Quoi ! que vous ai-je fait ? d'où provient ma disgrâce ?
Quel sujet avez-vous d'être pour moi de glace ?
Ai-je manqué de soins ? ai-je manqué de feux ?
Vous ai-je dérobé le moindre de mes vœux ?
Ai-je trop peu cherché l'heur de votre présence ?
Ai-je eu pour d'autres yeux la moindre complaisance ?

36/98

Célidée

Tout cela n'est qu'autant de propos superflus.
Je voulus vous aimer, et je ne le veux plus ;
Mon feu fut sans raison, ma glace l'est de même ;
Si l'un eut quelque excès, je rendrai l'autre extrême.

Lysandre

Par cette extrémité vous avancez ma mort.

Célidée

Il m'importe fort peu quel sera votre sort.

Lysandre

Quelle nouvelle amour, ou plutôt quel caprice
Vous porte à me traiter avec cette injustice,
Vous de qui le serment m'a reçu pour époux ?

Célidée

J'en perds le souvenir aussi bien que de vous.

Lysandre

Évitez-en la honte et fuyez-en le blâme.

Célidée

Je les veux accepter pour peines de ma flamme.

Lysandre

Un reproche éternel suit ce tour inconstant.

Célidée

Si vous me voulez plaire, il en faut faire autant.

Lysandre

Est-ce là donc le prix de vous avoir servie ?
Ah ! cessez vos mépris, ou me privez de vie.

Célidée

Eh bien ! soit, un adieu les va faire cesser :
Aussi bien ce discours ne fait que me lasser.

Lysandre

Ah ! redouble plutôt ce dédain qui me tue,
Et laisse-moi le bien d'expirer à ta vue ;
Que j'adore tes yeux, tout cruels qu'ils me sont ;
Qu'ils reçoivent mes vœux pour le mal qu'ils me font.
Invente à me gêner quelque rigueur nouvelle ;
Traite, si tu le veux, mon âme en criminelle :
Dis que je suis ingrat, appelle-moi léger ;
Impute à mes amours la honte de changer ;
Dedans mon désespoir fais éclater ta joie ;
Et tout me sera doux, pourvu que je te voie.

Tu verras tes mépris n'ébranler point ma foi,
Et mes derniers soupirs ne voler qu'après toi.
Ne crains point de ma part de reproche ou d'injure,
Je ne t'appellerai ni lâche, ni parjure.
Mon feu supprimera ces titres odieux ;
Mes douleurs céderont au pouvoir de tes yeux ;
Et mon fidèle amour, malgré leur vie atteinte,
Pour t'adorer encore étouffera ma plainte.

Célidée
Adieu. Quelques encens que tu veuilles m'offrir,
Je ne me saurais plus résoudre à les souffrir.

Scène IX

Lysandre
Célidée ! Ah, tu fuis ! tu fuis donc, et tu n'oses
Faire tes yeux témoins d'un trépas que tu causes !
Ton esprit, insensible à mes feux innocents,
Craint de ne l'être pas aux douleurs que je sens :
Tu crains que la pitié qui se glisse en ton âme
N'y rejette un rayon de ta première flamme,
Et qu'elle ne t'arrache un soudain repentir,
Malgré tout cet orgueil qui n'y peut consentir.
Tu vois qu'un désespoir dessus mon front exprime
En mille traits de feu mon ardeur et ton crime ;
Mon visage t'accuse, et tu vois dans mes yeux
Un portrait que mon cœur conserve beaucoup mieux.
Tous mes soins, tu le sais, furent pour Célidée :
La nuit ne m'a jamais retracé d'autre idée,
Et tout ce que Paris a d'objets ravissants
N'a jamais ébranlé le moindre de mes sens.
Ton exemple à changer en vain me sollicite ;
Dans ta volage humeur j'adore ton mérite ;
Et mon amour, plus fort que mes ressentiments,
Conserve sa vigueur au milieu des tourments,
Reviens, mon cher souci, puisqu'après tes défenses
Mes plus vives ardeurs sont pour toi des offenses.
Vois comme je persiste à te désobéir,
Et par là, si tu peux, prends droit de me haïr.
Fol, je présume ainsi rappeler l'inhumaine,
Qui ne veut pas avoir de raisons à sa haine ?
Puisqu'elle a sur mon cœur un pouvoir absolu,
Il lui suffit de dire : « Ainsi je l'ai voulu. »
Cruelle, tu le veux ! C'est donc ainsi qu'on traite
Les sincères ardeurs d'une amour si parfaite ?
Tu me veux donc trahir ? Tu le veux, et ta foi
N'est qu'un gage frivole à qui vit sous ta loi ?
Mais je veux l'endurer sans bruit, sans résistance ;
Tu verras ma langueur, et non mon inconstance ;
Et de peur de t'ôter un captif par ma mort,
J'attendrai ce bonheur de mon funeste sort.
Jusque-là mes douleurs, publiant ta victoire,
Sur mon front pâlissant élèveront ta gloire,
Et sauront en tous lieux hautement témoigner
Que, sans me refroidir, tu m'as pu dédaigner.

Acte III

Scène première

Lysandre, **Aronte**

Lysandre
Tu me donnes, Aronte, un étrange remède.

Aronte
Souverain toutefois au mal qui vous possède,
Croyez-moi, j'en ai vu des succès merveilleux
À remettre au devoir ces esprits orgueilleux :
Quand on leur sait donner un peu de jalousie,
Ils ont bientôt quitté ces traits de fantaisie ;
Car enfin tout l'éclat de ces emportements
Ne peut avoir pour but de perdre leurs amants.

Lysandre
Que voudrait donc par là mon ingrate maîtresse ?

Aronte
Elle vous joue un tour de la plus haute adresse.
Avez-vous bien pris garde au temps de ses mépris ?
Tant qu'elle vous a cru légèrement épris,
Que votre chaîne encor n'était pas assez forte,
Vous a-t-elle jamais gouverné de la sorte ?
Vous ignoriez alors l'usage des soupirs ;
Ce n'étaient que douceurs, ce n'étaient que plaisirs :
Son esprit avisé voulait par cette ruse
Établir un pouvoir dont maintenant elle use.
Remarquez-en l'adresse ; elle fait vanité
De voir dans ses dédains votre fidélité.
Votre humeur endurante à ces rigueurs l'invite.
On voit par là vos feux, par vos feux son mérite ;
Et cette fermeté de vos affections
Montre un effet puissant de ses perfections.
Osez-vous espérer qu'elle soit plus humaine,
Puisque sa gloire augmente, augmentant votre peine ?
Rabattez cet orgueil, faites-lui soupçonner
Que vous vous en piquez jusqu'à l'abandonner.
La crainte d'en voir naître une si juste suite
À vivre comme il faut l'aura bientôt réduite ;
Elle en fuira la honte, et ne souffrira pas
Que ce change s'impute à son manque d'appas.
Il est de son honneur d'empêcher qu'on présume
Qu'on éteigne aisément les flammes qu'elle allume.
Feignez d'aimer quelque autre, et vous verrez alors

Combien à vous reprendre elle fera d'efforts.

Lysandre
Mais peux-tu me juger capable d'une feinte ?

Aronte
Pouvez-vous trouver rude un moment de contrainte ?

Lysandre
Je trouve ses mépris plus doux à supporter.

Aronte
Pour les faire finir, il faut les imiter.

Lysandre
Faut-il être inconstant pour la rendre fidèle ?

Aronte
Il faut souffrir toujours, ou déguiser comme elle.

Lysandre
Que de raisons, Aronte, à combattre mon cœur,
Qui ne peut adorer que son premier vainqueur !
Du moins auparavant que l'effet en éclate,
Fais un effort pour moi, va trouver mon ingrate :
Mets-lui devant les yeux mes services passés,
Mes feux si bien reçus, si mal récompensés,
L'excès de mes tourments et de ses injustices ;
Emploie à la gagner tes meilleurs artifices.
Que n'obtiendras-tu point par ta dextérité,
Puisque tu viens à bout de ma fidélité ?

Aronte
Mais, mon possible fait, si cela ne succède ?

Lysandre
Je feindrai dès demain qu'Aminte me possède.

Aronte
Aminte ! Ah ! commencez la feinte dès demain ;
Mais n'allez point courir au faubourg Saint-Germain.
Et quand penseriez-vous que cette âme cruelle
Dans le fond du Marais en reçût la nouvelle ?
Vous seriez tout un siècle à lui vouloir du bien,
Sans que votre arrogante en apprît jamais rien.
Puisque vous voulez feindre, il faut feindre à sa vue,
Qu'aussitôt votre feinte en puisse être aperçue,
Qu'elle blesse les yeux de son esprit jaloux,
Et porte jusqu'au cœur d'inévitables coups.
Ce sera faire au vôtre un peu de violence ;
Mais tout le fruit consiste à feindre en sa présence.

Lysandre
Hippolyte, en ce cas, serait fort à propos ;
Mais je crains qu'un ami en perdît le repos.
Dorimant, dont ses yeux ont charmé le courage,
Autant que Célidée en aurait de l'ombrage.

Aronte
Vous verrez si soudain rallumer son amour,
Que la feinte n'est pas pour durer plus d'un jour ;
Et vous aurez après un sujet de risée
Des soupçons mal fondés de son âme abusée.

Lysandre
Va trouver Célidée, et puis nous résoudrons,
En ces extrémités, quel avis nous prendrons.

Scène II

Aronte, **Florice**

Aronte, *seul.*
Sans que pour l'apaiser je me rompe la tête,
Mon message est tout fait et sa réponse prête.
Bien loin que mon discours pût la persuader,
Elle n'aura jamais voulu me regarder.
Une prompte retraite au seul nom de Lysandre,
C'est par où ses dédains se seront fait entendre.
Mes amours du passé ne m'ont que trop appris
Avec quelles couleurs il faut peindre un mépris.
À peine faisait-on semblant de me connaître,
De sorte...

Florice
Aronte, eh bien, qu'as-tu fait vers ton maître ?
Le verrons-nous bientôt ?

Aronte
N'en sois plus en souci ;
Dans une heure au plus tard je te le rends ici.

Florice
Prêt à lui témoigner...

Aronte
Tout prêt. Adieu. Je tremble
Que de chez Célidée on ne nous voie ensemble.

Scène III

Hippolyte, **Florice**

Hippolyte
D'où vient que mon abord l'oblige à te quitter ?

Florice
Tant s'en faut qu'il vous fuie, il vient de me conter...
Toutefois je ne sais si je vous le dois dire.

Hippolyte
Que tu te plais, Florice, à me mettre en martyre !

Florice
Il faut vous préparer à des ravissements...

Hippolyte
Ta longueur m'y prépare avec bien des tourments.
Dépêche ; ces discours font mourir Hippolyte.

Florice
Mourez donc promptement, que je vous ressuscite.

Hippolyte
L'insupportable femme ! Enfin diras-tu rien ?

Florice
L'impatiente fille ! Enfin tout ira bien.

Hippolyte
Enfin tout ira bien ? Ne saurai-je autre chose ?

Florice
Il faut que votre esprit là-dessus se repose.
Vous ne pouviez tantôt souffrir de longs propos,
Et pour vous obliger, j'ai tout dit en trois mots ;
Mais ce que maintenant vous n'en pouvez apprendre,
Vous l'apprendrez bientôt plus au long de Lysandre.

Hippolyte
Tu ne flattes mon cœur que d'un espoir confus.

Florice
Parlez à votre amie, et ne vous fâchez plus.

Scène IV

Célidée, **Hippolyte**, **Florice**

Célidée
Mon abord importun rompt votre conférence :
Tu m'en voudras du mal.

Hippolyte
Du mal ? et l'apparence ?
Je ne sais pas aimer de si mauvaise foi ;
Et tout à l'heure encor je lui parlais de toi.

Célidée
Je me retire donc, afin que sans contrainte...

Hippolyte
Quitte cette grimace, et mets à part la feinte.
Tu fais la réservée en ces occasions,
Mais tu meurs de savoir ce que nous en disions.

Célidée
Tu meurs de le conter plus que moi de l'apprendre,
Et tu prendrais pour crime un refus de l'entendre.
Puis donc que tu le veux, ma curiosité...

Hippolyte
Vraiment, tu me confonds de ta civilité.

Célidée
Voilà de tes détours, et comme tu diffères
À me dire en quel point vous teniez mes affaires.

Hippolyte
Nous parlions du dessein d'éprouver ton amant.
Tu l'as vu réussir à ton contentement ?

Célidée
Je viens te voir exprès pour t'en dire l'issue :
Que je m'en suis trouvée heureusement déçue !
Je présumais beaucoup de ses affections,
Mais je n'attendais pas tant de submissions.
Jamais le désespoir qui saisit son courage
N'en put tirer un mot à mon désavantage ;
Il tenait mes dédains encor trop précieux,
Et ses reproches même étaient officieux.

46/98

Aussi ce grand amour a rallumé ma flamme :
Le change n'a plus rien qui chatouille mon âme ;
Il n'a plus de douceur pour mon esprit flottant,
Aussi ferme à présent qu'il le croit inconstant.

Florice
Quoi que vous ayez vu de sa persévérance,
N'en prenez pas encore une entière assurance.
L'espoir de vous fléchir a pu le premier jour
Jeter sur son dépit ces beaux dehors d'amour ;
Mais vous verrez bientôt que pour qui le méprise
Toute légèreté lui semblera permise.
J'ai vu des amoureux de toutes les façons.

Hippolyte
Cette bizarre humeur n'est jamais sans soupçons.
L'avantage qu'elle a d'un peu d'expérience
Tient éternellement son âme en défiance ;
Mais ce qu'elle te dit ne vaut pas l'écouter.

Célidée
Et je ne suis pas fille à m'en épouvanter.
Je veux que ma rigueur à tes yeux continue,
Et lors sa fermeté te sera mieux connue ;
Tu ne verras des traits que d'un amour si fort,
Que Florice elle-même avouera qu'elle a tort.

Hippolyte
Ce sera trop longtemps lui paraître cruelle.

Célidée
Tu connaîtras par là combien il m'est fidèle.
Le ciel à ce dessein nous l'envoie à propos.

Hippolyte
Et quand te résous-tu de le mettre en repos ?

Célidée
Trouve bon, je te prie, après un peu de feinte,
Que mes feux violents s'expliquent sans contrainte ;
Et pour le rappeler des portes du trépas,
Si j'en dis un peu trop, ne t'en offense pas.

Scène V

Lysandre, **Célidée**, **Hippolyte**, **Florice**

Lysandre
Merveille des beautés, seul objet qui m'engage...

Célidée
N'oublierez-vous jamais cet importun langage ?
Vous obstiner encore à me persécuter,
C'est prendre du plaisir à vous voir maltraiter.
Perdez mon souvenir avec votre espérance,
Et ne m'accablez plus de cette déférence.
Il faut, pour m'arrêter, des entretiens meilleurs.

Lysandre
Quoi ! vous prenez pour vous ce que j'adresse ailleurs ?
Adore qui voudra votre rare mérite,
Un change heureux me donne à la belle Hippolyte :
Mon sort en cela seul a voulu me trahir,
Qu'en ce change mon cœur semble vous obéir,
Et que mon feu passé vous va rendre si vaine
Que vous imputerez ma flamme à votre haine,
À votre orgueil nouveau mes nouveaux sentiments,
L'effet de ma raison à vos commandements.

Célidée
Tant s'en faut que je prenne une si triste gloire,
Je chasse mes dédains même de ma mémoire,
Et dans leur souvenir rien ne me semble doux,
Puisqu'en le conservant je penserais à vous.

Lysandre, *à Hippolyte.*
Beauté de qui les yeux, nouveaux rois de mon âme,
Me font être léger sans en craindre le blâme...

Hippolyte
Ne vous emportez point à ces propos perdus,
Et cessez de m'offrir des vœux qui lui sont dus ;
Je pense mieux valoir que le refus d'une autre.
Si vous voulez venger son mépris par le vôtre,
Ne venez point du moins m'enrichir de son bien.
Elle vous traite mal, mais elle n'aime rien.
Vous, faites-en autant, sans chercher de retraite
Aux importunités dont elle s'est défaite.

Lysandre
Que son exemple encor réglât mes actions !
Cela fut bon du temps de mes affections ;
À présent que mon cœur adore une autre reine,
À présent qu'Hippolyte en est la souveraine…

Hippolyte
C'est elle seulement que vous voulez flatter.

Lysandre
C'est elle seulement que je dois imiter.

Hippolyte
Savez-vous donc à quoi la raison vous oblige ?
C'est à me négliger, comme je vous néglige.

Lysandre
Je ne puis imiter ce mépris de mes feux,
À moins qu'à votre tour vous m'offriez des vœux :
Donnez-m'en les moyens, vous en verrez l'issue.

Hippolyte
J'appréhenderais fort d'être trop bien reçue,
Et qu'au lieu du plaisir de me voir imiter
Je n'eusse que l'honneur de me faire écouter,
Pour n'avoir que la honte après de me dédire.

Lysandre
Souffrez donc que mon cœur sans exemple soupire,
Qu'il aime sans exemple, et que mes passions
S'égalent seulement à vos perfections.
Je vaincrai vos rigueurs par mon humble service,
Et ma fidélité…

Célidée
Viens avec moi, Florice :
J'ai des nippes en haut que je veux te montrer.

Scène VI

Hippolyte, **Lysandre**

Hippolyte
Quoi ? sans la retenir, vous la laissez rentrer ?
Allez, Lysandre, allez ; c'est assez de contraintes ;
J'ai pitié du tourment que vous donnent ces feintes.
Suivez ce bel objet dont les charmes puissants
Sont et seront toujours absolus sur vos sens.
Quoi qu'après ses dédains un peu d'orgueil publie,
Son mérite est trop grand pour souffrir qu'on l'oublie ;
Elle a des qualités, et de corps, et d'esprit,
Dont pas un cœur donné jamais ne se reprit.

Lysandre
Mon change fera voir l'avantage des vôtres,
Qu'en la comparaison des unes et des autres
Les siennes désormais n'ont qu'un éclat terni,
Que son mérite est grand, et le vôtre infini.

Hippolyte
Que j'emporte sur elle aucune préférence !
Vous tenez des discours qui sont hors d'apparence ;
Elle me passe en tout ; et dans ce changement,
Chacun vous blâmerait de peu de jugement.

Lysandre
M'en blâmer en ce cas, c'est en manquer soi-même,
Et choquer la raison, qui veut que je vous aime.
Nous sommes hors du temps de cette vieille erreur
Qui faisait de l'amour une aveugle fureur,
Et l'ayant aveuglé, lui donnait pour conduite
Le mouvement d'une âme et surprise et séduite.
Ceux qui l'ont peint sans yeux ne le connaissaient pas ;
C'est par les yeux qu'il entre, et nous dit vos appas ;
Lors notre esprit en juge ; et suivant le mérite,
Il fait croître une ardeur que cette vue excite.
Si la mienne pour vous se relâche un moment,
C'est lors que je croirai manquer de jugement ;
Et la même raison qui vous rend admirable
Doit rendre comme vous ma flamme incomparable.

Hippolyte
Épargnez avec moi ces propos affétés.
Encore hier Célidée avait ces qualités ;

Encore hier en mérite elle était sans pareille.
Si je suis aujourd'hui cette unique merveille,
Demain quelque autre objet, dont vous suivrez la loi,
Gagnera votre cœur et ce titre sur moi.
Un esprit inconstant a toujours cette adresse.

Scène VII

Chrysante, **Pleirante**, **Hippolyte**, **Lysandre**

Chrysante
Monsieur, j'aime ma fille avec trop de tendresse
Pour la vouloir contraindre en ses affections.

Pleirante
Madame, vous saurez ses inclinations ;
Elle voudra vous plaire, et je l'en vois sourire.
(À Lysandre.)
Allons, mon cavalier, j'ai deux mots à vous dire.

Chrysante
Vous en aurez réponse avant qu'il soit trois jours.

Scène VIII

Chrysante, **Hippolyte**

Chrysante
Devinerais-tu bien quels étaient nos discours ?

Hippolyte
Il vous parlait d'amour peut-être ?

Chrysante
Oui : que t'en semble ?

Hippolyte
D'âge presque pareils, vous seriez bien ensemble.

Chrysante
Tu me donnes vraiment un gracieux détour ;
C'était pour ton sujet qu'il me parlait d'amour.

Hippolyte
Pour moi ? Ces jours passés, un poète qui m'adore,
Du moins à ce qu'il dit, m'égalait à l'Aurore ;
Je me raillais alors de sa comparaison.
Mais, si cela se fait, il avait bien raison.

Chrysante
Avec tout ce babil, tu n'es qu'une étourdie.
Le bonhomme est bien loin de cette maladie ;
Il veut te marier, mais c'est à Dorimant :
Vois si tu te résous d'accepter cet amant.

Hippolyte
Dessus tous mes désirs vous êtes absolue,
Et si vous le voulez, m'y voilà résolue.
Dorimant vaut beaucoup, je vous le dis sans fard ;
Mais remarquez un peu le trait de ce vieillard :
Lysandre si longtemps a brûlé pour sa fille,
Qu'il en faisait déjà l'appui de sa famille ;
À présent que ses feux ne sont plus que pour moi,
Il voudrait bien qu'un autre eût engagé ma foi,
Afin que sans espoir dans cette amour nouvelle,
Un nouveau changement le ramenât vers elle.
N'avez-vous point pris garde, en vous disant adieu,
Qu'il a presque arraché Lysandre de ce lieu ?

53/98

Chrysante

Simple ! ce qu'il en fait, ce n'est qu'à sa prière.
Et Lysandre tient même à faveur singulière...

Hippolyte

Je sais que Dorimant est un de ses amis ;
Mais vous voyez d'ailleurs que le ciel a permis
Que pour mieux vous montrer que tout n'est qu'artifice,
Lysandre me faisait ses offres de service.

Chrysante

Aucun des deux n'est homme à se jouer de nous.
Quelque secret mystère est caché là-dessous.
Allons, pour en tirer la vérité plus claire,
Seules dedans ma chambre examiner l'affaire ;
Ici quelque importun pourrait nous aborder.

Scène IX

Hippolyte, **Florice**

Hippolyte
J'aurai bien de la peine à la persuader :
Ah, Florice ! en quel point laisses-tu Célidée ?

Florice
De honte et de dépit tout à fait possédée.

Hippolyte
Que t'a-t-elle montré ?

Florice
Cent choses à la fois,
Selon que le hasard les mettait sous ses doigts :
Ce n'était qu'un prétexte à faire sa retraite.

Hippolyte
Elle t'a témoigné d'être fort satisfaite ?

Florice
Sans que je vous amuse en discours superflus,
Son visage suffit pour juger du surplus.
(Hippolyte regarde Célidée.)
Ses pleurs ne se sauraient empêcher de descendre ;
Et j'en aurais pitié si je n'aimais Lysandre.

Scène X

Célidée
Infidèles témoins d'un feu mal allumé,
Soyez-les de ma honte ; et vous fondant en larmes,
Punissez-vous, mes yeux, d'avoir trop présumé
Du pouvoir de vos charmes.
De quoi vous a servi d'avoir su me flatter,
D'avoir pris le parti d'un ingrat qui me trompe,
S'il ne fit le constant qu'afin de me quitter
Avecque plus de pompe ?
Quand je m'en veux défaire, il est parfait amant ;
Quand je veux le garder, il n'en fait plus de compte ;
Et n'ayant pu le perdre avec contentement,
Je le perds avec honte.
Ce que j'eus lors de joie augmente mon regret ;
Par là mon désespoir davantage se pique.
Quand je le crus constant, mon plaisir fut secret,
Et ma honte est publique.
Le traître avait senti qu'alors me négliger
C'était à Dorimant livrer toute mon âme ;
Et la constance plut à cet esprit léger
Pour amortir ma flamme.
Autant que j'eus de peine à l'éteindre en naissant,
Autant m'en faudra-t-il à la faire renaître :
De peur qu'a cet amour d'être encore impuissant,
Il n'ose plus paraître.
Outre que, de mon cœur pleinement exilé,
Et n'y conservant plus aucune intelligence,
Il est trop glorieux pour n'être rappelé
Qu'à servir ma vengeance.
Mais j'aperçois celui qui le porte en ses yeux.
Courage donc, mon cœur ; espérons un peu mieux.
Je sens bien que déjà devers lui tu t'envoles ;
Mais pour t'accompagner je n'ai point de paroles :
Ma honte et ma douleur, surmontant mes désirs,
N'en laissent le passage ouvert qu'à mes soupirs.

Scène XI

Dorimant, **Célidée**, **Cléante**

Dorimant
Dans ce profond penser, pâle, triste, abattue,
Ou quelque grand malheur de Lysandre vous tue,
Ou bientôt vos douleurs l'accableront d'ennuis.

Célidée
Il est cause en effet de l'état où je suis,
Non pas en la façon qu'un ami s'imagine,
Mais...

Dorimant
Vous n'achevez point, faut-il que je devine ?

Célidée
Permettez que je cède à la confusion,
Qui m'étouffe la voix en cette occasion.
J'ai d'incroyables traits de Lysandre à vous dire !
Mais ce reste du jour souffrez que je respire,
Et m'obligez demain que je vous puisse voir.
(Elle sort.)

Dorimant
De sorte qu'à présent on n'en peut rien savoir ?
Dieux ! elle se dérobe, et me laisse en un doute...
Poursuivons toutefois notre première route ;
Peut-être ces beaux yeux, dont l'éclat me surprit,
De ce fâcheux soupçon purgeront mon esprit.
(À Cléante)
Frappe.

Scène XII

Dorimant, **Florice**, **Cléante**

Florice
Que vous plaît-il ?

Dorimant
Peut-on voir Hippolyte ?

Florice
Elle vient de sortir pour faire une visite.

Dorimant
Ainsi, tout aujourd'hui mes pas ont été vains.
Florice, à ce défaut, fais-lui mes baisemains.

Florice, *seule.*
Ce sont des compliments qu'il fait mauvais lui faire.
Depuis que ce Lysandre a tâché de lui plaire,
Elle ne veut plus être au logis que pour lui,
Et tous autres devoirs lui donnent de l'ennui.

Acte IV

Scène première

Hippolyte, **Aronte**

Hippolyte
À cet excès d'amour qu'il me faisait paraître,
Je me croyais déjà maîtresse de ton maître ;
Tu m'as fait grand dépit de me désabuser.
Qu'il a l'esprit adroit quand il veut déguiser !
Et que pour mettre en jour ces compliments frivoles,
Il sait bien ajuster ses yeux à ses paroles !
Mais je me promets tant de ta dextérité,
Qu'il tournera bientôt la feinte en vérité.

Aronte
Je n'ose l'espérer : sa passion trop forte
Déjà vers son objet malgré moi le remporte ;
Et comme s'il avait reconnu son erreur,
Vos yeux lui sont à charge, et sa feinte en horreur :
Même il m'a commandé d'aller vers sa cruelle
Lui jurer que son cœur n'a brûlé que pour elle,
Attaquer son orgueil par des submissions...

Hippolyte
J'entends assez le but de tes commissions.
Tu vas tâcher pour lui d'amollir son courage ?

Aronte
J'emploie auprès de vous le temps de ce message,
Et la ferai parler tantôt à mon retour
D'une façon mal propre à donner de l'amour ;
Mais après mon rapport, si son ardeur extrême
Le résout à porter son message lui-même,
Je ne réponds de rien. L'amour qu'ils ont tous deux
Vaincra notre artifice, et parlera pour eux.

Hippolyte
Sa maîtresse éblouie ignore encor ma flamme,
Et laisse à mes conseils tout pouvoir sur son âme.
Ainsi tout est à nous, s'il ne faut qu'empêcher
Qu'un si fidèle amant n'en puisse rapprocher.

Aronte
Qui pourrait toutefois en détourner Lysandre,
Ce serait le plus sûr.

Hippolyte
N'oses-tu l'entreprendre ?

Aronte
Donnez-moi les moyens de le rendre jaloux,
Et vous verrez après frapper d'étranges coups.

Hippolyte
L'autre jour Dorimant toucha fort ma rivale,
Jusque-là qu'entre eux deux son âme était égale ;
Mais Lysandre depuis, endurant sa rigueur,
Lui montra tant d'amour qu'il regagna son cœur.

Aronte
Donc à voir Célidée et Dorimant ensemble,
Quelque dieu qui vous aime aujourd'hui les assemble.

Hippolyte
Fais-les voir à ton maître, et ne perds point ce temps,
Puisque de là dépend le bonheur que j'attends.

Scène II

Dorimant, Célidée, Aronte

Dorimant
Aronte, un mot. Tu fuis ? Crains-tu que je te voie ?

Aronte
Non ; mais pressé d'aller où mon maître m'envoie,
J'avais doublé le pas sans vous apercevoir.

Dorimant
D'où viens-tu ?

Aronte
D'un logis vers la Croix-du-Tiroir.

Dorimant
C'est donc en ce Marais que finit ton voyage ?

Aronte
Non ; je cours au Palais faire encore un message.

Dorimant
Et c'en est le chemin de passer par ici ?

Aronte
Souffrez que j'aille ôter mon maître de souci ;
Il meurt d'impatience à force de m'attendre.

Dorimant
Et touchant mes amours ne peux-tu rien m'apprendre ?
As-tu vu depuis peu l'objet que je chéris ?

Aronte
Oui, tantôt en passant j'ai rencontré Chloris.

Dorimant
Tu cherches des détours : je parle d'Hippolyte.

Célidée
Et c'est là seulement le discours qu'il évite.
Tu t'enferres, Aronte ; et, pris au dépourvu,
En vain tu veux cacher ce que nous avons vu.
Va, ne sois point honteux des crimes de ton maître :
Pourquoi désavouer ce qu'il fait trop paraître ?

62/98

Il la sert à mes yeux, cet infidèle amant,
Et te vient d'envoyer lui faire un compliment.
(Aronte sort.)

Scène III

Dorimant, **Célidée**

Célidée
Après cette retraite et ce morne silence,
Pouvez-vous bien encor demeurer en balance ?

Dorimant
Je n'en ai que trop vu, mes yeux m'en ont trop dit :
Aronte, en me parlant, était tout interdit,
Et sa confusion portait sur son visage
Assez et trop de jour pour lire son message.
Traître, traître Lysandre, est-ce là donc le fruit
Qu'en faveur de mes feux ton amitié produit ?

Célidée
Connaissez tout à fait l'humeur de l'infidèle,
Votre amour seulement la lui fait trouver belle :
Cet objet, tout aimable et tout parfait qu'il est,
N'a des charmes pour lui que depuis qu'il vous plaît ;
Et votre affection, de la sienne suivie,
Montre que c'est par là qu'il en a pris envie,
Qu'il veut moins l'acquérir que vous le dérober.

Dorimant
Voici, dans ce larcin, qui le fait succomber.
En ce dessein commun de servir Hippolyte,
Il faut voir seul à seul qui des deux la mérite :
Son sang me répondra de son manque de foi,
Et me fera raison et pour vous et pour moi.
Notre vieille union ne fait qu'aigrir mon âme,
Et mon amitié meurt voyant naître sa flamme.

Célidée
Vouloir quelque mesure entre un perfide et vous,
Est-ce faire justice à ce juste courroux ?
Pouvez-vous présumer, après sa tromperie,
Qu'il ait dans les combats moins de supercherie ?
Certes pour le punir c'est trop vous négliger,
Et chercher à vous perdre au lieu de vous venger.

Dorimant
Pourriez-vous approuver que je prisse avantage
Pour immoler ce traître à mon peu de courage ?
J'achèterais trop cher la mort du suborneur,

64/98

Si pour avoir sa vie il m'en coûtait l'honneur,
Et montrerais une âme, et trop basse et trop noire,
De ménager mon sang aux dépens de ma gloire.

Célidée
Sans les voir l'un ni l'autre en péril exposés,
Il est pour vous venger des moyens plus aisés.
Pour peu que vous fussiez de mon intelligence,
Vous auriez bientôt pris une juste vengeance ;
Et vous pourriez sans bruit ôter à l'inconstant...

Dorimant
Quoi ? ce qu'il m'a volé ?

Célidée
Non, mais du moins autant.

Dorimant
La faiblesse du sexe en ce point vous conseille ;
Il se croit trop vengé, quand il rend la pareille :
Mais suivre le chemin que vous voulez tenir,
C'est imiter son crime au lieu de le punir ;
Au lieu de lui ravir une belle maîtresse,
C'est prendre, à son refus, une beauté qu'il laisse.
(Lysandre vient avec Aronte, qui lui fait voir Dorimant avec Célidée.)
C'est lui faire plaisir, au lieu de l'affliger,
C'est souffrir un affront, et non pas se venger.
J'en perds ici le temps. Adieu : je me retire ;
Mais, avant qu'il soit peu, si vous entendez dire
Qu'un coup fatal et juste ait puni l'imposteur,
Vous pourrez aisément en deviner l'auteur.

Célidée
De grâce, encore un mot. Hélas ! il m'abandonne
Aux cuisants déplaisirs que ma douleur me donne.
Rentre, pauvre abusée, et dedans tes malheurs,
Si tu ne les retiens, cache du moins tes pleurs !

Scène IV

Lysandre, Aronte

Aronte
Eh bien, qu'en dites-vous ? et que vous semble d'elle ?

Lysandre
Hélas ! pour mon malheur, tu n'es que trop fidèle,
N'exerce plus tes soins à me faire endurer ;
Ma plus douce fortune est de tout ignorer :
Je serais trop heureux sans le rapport d'Aronte.

Aronte
Encor pour Dorimant, il en a quelque honte ;
Vous voyant, il a fui.

Lysandre
Mais mon ingrate alors,
Pour empêcher sa fuite a fait tous ses efforts,
Aronte, et tu prenais ses dédains pour des feintes !
Tu croyais que son cœur n'eût point d'autres atteintes,
Que son esprit entier se conservait à moi,
Et parmi ses rigueurs n'oubliait point sa foi.

Aronte
À vous dire le vrai, j'en suis trompé moi-même.
Après deux ans passés dans un amour extrême,
Que sans occasion elle vînt à changer !
Je me fusse tenu coupable d'y songer ;
Mais puisque sans raison la volage vous change,
Faites qu'avec raison un changement vous venge.
Pour punir comme il faut son infidélité,
Vous n'avez qu'à tourner la feinte en vérité.

Lysandre
Misérable ! est-ce ainsi qu'il faut qu'on me soulage ?
Ai-je trop peu souffert sous cette humeur volage ?
Et veux-tu désormais que par un second choix
Je m'engage à souffrir encore une autre fois ?
Qui t'a dit qu'Hippolyte à cette amour nouvelle
Se rendrait plus sensible, ou serait plus fidèle ?

Aronte
Vous en devez, monsieur, présumer beaucoup mieux.

66/98

Lysandre
Conseiller importun, ôte-toi de mes yeux.

Aronte
Son âme…

Lysandre
Ôte-toi, dis-je ; et dérobe ta tête
Aux violents effets que ma colère apprête :
Ma bouillante fureur ne cherche qu'un objet ;
Va, tu l'attirerais sur un sang trop abjet.

Lysandre
Il faut à mon courroux de plus nobles victimes ;
Il faut qu'un même coup me venge de deux crimes ;
Qu'après les trahisons de ce couple indiscret,
L'un meure de ma main, et l'autre de regret.
Oui, la mort de l'amant punira la maîtresse ;
Et mes plaisirs alors naîtront de sa tristesse.
Mon cœur, à qui mes yeux apprendront ses tourments,
Permettra le retour à mes contentements ;
Ce visage si beau, si bien pourvu de charmes,
N'en aura plus pour moi, s'il n'est couvert de larmes.
Ses douleurs seulement ont droit de me guérir ;
Pour me résoudre à vivre il faut la voir mourir.
Frénétiques transports, avec quelle insolence
Portez-vous mon esprit à tant de violence ?
Allez, vous avez pris trop d'empire sur moi ;
Dois-je être sans raison, parce qu'ils sont sans foi ?
Dorimant, Célidée, ami, chère maîtresse,
Suivrais-je contre vous la fureur qui me presse ?
Quoi ? vous ayant aimés, pourrais-je vous haïr ?
Mais vous pourrais-je aimer, quand vous m'osez trahir ?
Qu'un rigoureux combat déchire mon courage !
Ma jalousie augmente, et redouble ma rage ;
Mais quelques fiers projets qu'elle jette en mon cœur,
L'amour… Ah ! ce mot seul me range à la douceur.
Celle que nous aimons jamais ne nous offense ;
Un mouvement secret prend toujours sa défense :
L'amant souffre tout d'elle ; et dans son changement,
Quelque irrité qu'il soit, il est toujours amant.
Toutefois, si l'amour contre elle m'intimide,
Revenez, mes fureurs, pour punir le perfide ;
Arrachez-lui mon bien ; une telle beauté
N'est pas le juste prix d'une déloyauté.
Souffrirais-je, à mes yeux, que par ses artifices
Il recueillît les fruits dus à mes longs services ?
S'il vous faut épargner le sujet de mes feux,
Que ce traître du moins réponde pour tous deux.
Vous me devez son sang pour expier son crime :
Contre sa lâcheté tout vous est légitime ;
Et quelques châtiments… Mais, dieux ! que vois-je ici ?

Scène VI

Hippolyte, **Lysandre**

Hippolyte
Vous avez dans l'esprit quelque pesant souci ;
Ce visage enflammé, ces yeux pleins de colère,
En font voir au-dehors une marque trop claire.
Je prends assez de part en tous vos intérêts
Pour vouloir en aveugle y mêler mes regrets.
Mais si vous me disiez ce qui cause vos peines...

Lysandre
Ah ! ne m'imposez point de si cruelles gênes ;
C'est irriter mes maux que de me secourir ;
La mort, la seule mort a droit de me guérir.

Hippolyte
Si vous vous obstinez à m'en taire la cause,
Tout mon pouvoir sur vous n'est que fort peu de chose.

Lysandre
Vous l'avez souverain, hormis en ce seul point.

Hippolyte
Laissez-le-moi partout, ou ne m'en laissez point.
C'est n'aimer qu'à demi qu'aimer avec réserve ;
Et ce n'est pas ainsi que je veux qu'on me serve.
Il faut m'apprendre tout, et lorsque je vous voi,
Être de belle humeur, ou n'être plus à moi.

Lysandre
Ne perdez point d'efforts à vaincre mon silence :
Vous useriez sur moi de trop de violence.
Adieu : je vous ennuie, et les grands déplaisirs
Veulent en liberté s'exhaler en soupirs.

Scène VII

Hippolyte
C'est donc là tout l'état que tu fais d'Hippolyte ?
Après des vœux offerts, c'est ainsi qu'on me quitte ?
Qu'Aronte jugeait bien que ses feintes amours,
Avant qu'il fût longtemps, interrompraient leur cours !
Dans ce peu de succès des ruses de Florice,
J'ai manqué de bonheur, mais non pas de malice ;
Et si j'en puis jamais trouver l'occasion,
J'y mettrai bien encor de la division.
Si notre pauvre amant est plein de jalousie,
Ma rivale, qui sort, n'en est pas moins saisie.

Scène VIII

Hippolyte, **Célidée**

Célidée
N'ai-je pas tantôt vu mon perfide avec vous ?
Il a bientôt quitté des entretiens si doux.

Hippolyte
Qu'y ferait-il, ma sœur ? Ta fidèle Hippolyte
Traite cet inconstant ainsi qu'il le mérite.
Il a beau m'en conter de toutes les façons,
Je le renvoie ailleurs pratiquer ses leçons.

Célidée
Le parjure à présent est fort sur ta louange ?

Hippolyte
Il ne tient pas à lui que je ne sois un ange ;
Et quand il vient ensuite à parler de ses feux,
Aucune passion jamais n'approcha d'eux.
Par tous ces vains discours il croit fort qu'il m'oblige,
Mais non la moitié tant qu'alors qu'il te néglige :
C'est par là qu'il me pense acquérir puissamment ;
Et moi, qui t'ai toujours chérie uniquement,
Je te laisse à juger alors si je l'endure.

Célidée
C'est trop prendre, ma sœur, de part en mon injure ;
Laisse-le mépriser celle dont les mépris
Sont cause maintenant que d'autres yeux l'ont pris.
Si Lysandre te plaît, possède le volage,
Mais ne me traite point avec désavantage ;
Et si tu te résous d'accepter mon amant,
Relâche-moi du moins le cœur de Dorimant.

Hippolyte
Pourvu que leur pouvoir se range sous le nôtre,
Je te donne le choix et de l'un et de l'autre ;
Ou, si l'un ne suffit à ton jeune désir,
Défais-moi de tous deux, tu me feras plaisir.
J'estimai fort Lysandre avant que le connaître ;
Mais depuis cet amour que mes yeux ont fait naître,
Je te répute heureuse après l'avoir perdu.
Que son humeur est vaine ! et qu'il fait l'entendu !
Que son discours est fade avec ses flatteries !

Qu'on est importuné de ses afféteries !
Vraiment, si tout le monde était fait comme lui,
Je crois qu'avant deux jours je sécherais d'ennui.

Célidée
Qu'en cela du destin l'ordonnance fatale
A pris pour nos malheurs une route inégale !
L'un et l'autre me fuit, et je brûle pour eux,
L'un et l'autre t'adore, et tu les fuis tous deux.

Hippolyte
Si nous changions de sort, que nous serions contentes !

Célidée
Outre, hélas ! que le ciel s'oppose à nos attentes,
Lysandre n'a plus rien à rengager ma foi.

Hippolyte
Mais l'autre, tu voudrais...

Scène IX

Pleirante, **Hippolyte**, **Célidée**

Pleirante
Ne rompez pas pour moi ;
Craignez-vous qu'un ami sache de vos nouvelles ?

Hippolyte
Nous causions de mouchoirs, de rabats, de dentelles,
De ménages de fille.

Pleirante
Et parmi ces discours,
Vous conferiez ensemble un peu de vos amours :
Eh bien, ce serviteur, l'aura-t-on agréable ?

Hippolyte
Vous m'attaquez toujours par quelque trait semblable.
Des hommes comme vous ne sont que des conteurs.
Vraiment c'est bien à moi d'avoir des serviteurs !

Pleirante
Parlons, parlons français. Enfin, pour cette affaire,
Nous en remettrons-nous à l'avis d'une mère ?

Hippolyte
J'obéirai toujours à son commandement.
Mais, de grâce, monsieur, parlez plus clairement :
Je ne puis deviner ce que vous voulez dire.

Pleirante
Un certain cavalier pour vos beaux yeux soupire...

Hippolyte
Vous en voulez par là...

Pleirante
Ce n'est point fiction
Que ce que je vous dis de son affection.
Votre mère sut hier à quel point il vous aime,
Et veut que ce soit vous qui vous donniez vous-même.

Hippolyte
Et c'est ce que ma mère, afin de m'expliquer,
Ne m'a point fait l'honneur de me communiquer ;

73/98

Mais, pour l'amour de vous, je vais le savoir d'elle.

Scène X

Pleirante, **Célidée**

Pleirante
Ta compagne est du moins aussi fine que belle.

Célidée
Elle a bien su, de vrai, se défaire de vous.

Pleirante
Et fort habilement se parer de mes coups.

Célidée
Peut-être innocemment, faute d'y rien comprendre.

Pleirante
Mais faute, bien plutôt, d'y vouloir rien entendre.
Je suis des plus trompés si Dorimant lui plaît.

Célidée
Y prenez-vous, monsieur, pour lui quelque intérêt ?

Pleirante
Lysandre m'a prié d'en porter la parole.

Célidée
Lysandre !

Pleirante
Oui, ton Lysandre.

Célidée
Et lui-même cajole...

Pleirante
Quoi ? que cajole-t-il ?

Célidée
Hippolyte, à mes yeux.

Pleirante
Folle, il n'aima jamais que toi dessous les cieux ;
Et nous sommes tout prêts de choisir la journée
Qui bientôt de vous deux termine l'hyménée.
Il se plaint toutefois un peu de ta froideur ;

Mais, pour l'amour de moi, montre-lui plus d'ardeur ;
Parle : ma volonté sera-t-elle obéie ?

Célidée
Hélas ! qu'on vous abuse après m'avoir trahie !
Il vous fait, cet ingrat, parler pour Dorimant,
Tandis qu'au même objet il s'offre pour amant,
Et traverse par là tout ce qu'à sa prière
Votre vaine entremise avance vers la mère.
Cela, qu'est-ce, monsieur, que se jouer de vous ?

Pleirante
Qu'il est peu de raison dans ces esprits jaloux !
Eh quoi ! pour un ami s'il rend une visite,
Faut-il s'imaginer qu'il cajole Hippolyte ?

Célidée
Je sais ce que j'ai vu.

Pleirante
Je sais ce qu'il m'a dit,
Et ne veux plus du tout souffrir de contredit.
Mon choix de votre hymen en sa faveur dispose.

Célidée
Commandez-moi plutôt, monsieur, toute autre chose.

Pleirante
Quelle bizarre humeur ! quelle inégalité
De rejeter un bien qu'on a tant souhaité !
La belle, voyez-vous ! qu'on perde ces caprices ;
Il faut pour m'éblouir de meilleurs artifices.
Quelque nouveau venu vous donne dans les yeux,
Quelque jeune étourdi qui vous flatte un peu mieux :
Et parce qu'il vous fait quelque feinte caresse,
Il faut que nous manquions, vous et moi, de promesse ?
Quittez, pour votre bien, ces fantasques refus.

Célidée
Monsieur...

Pleirante
Quittez-les, dis-je, et ne contestez plus...

Scène XI

Célidée
Fâcheux commandement d'un incrédule père !
Qu'il me fut doux jadis, et qu'il me désespère !
J'avais, auparavant qu'on m'eût manqué de foi,
Le devoir et l'amour tout d'un parti chez moi,
Et ma flamme, d'accord avecque sa puissance,
Unissait mes désirs à mon obéissance ;
Mais, hélas, que depuis cette infidélité
Je trouve d'injustice en son autorité !
Mon esprit s'en révolte, et ma flamme bannie
Fait qu'un pouvoir si saint m'est une tyrannie.
Dures extrémités où mon sort est réduit !
On donne mes faveurs à celui qui les fuit ;
Nous avons l'un pour l'autre une pareille haine,
Et l'on m'attache à lui d'une éternelle chaîne.
Mais s'il ne m'aimait plus, parlerait-il d'amour
À celui dont je tiens la lumière du jour ?
Mais s'il m'aimait encor, verrait-il Hippolyte ?
Mon cœur en même temps se retient et s'excite.
Je ne sais quoi me flatte, et je sens déjà bien
Que mon feu ne dépend que de croire le sien.
Tout beau, ma passion, c'est déjà trop paraître ;
Attends, attends du moins la sienne pour renaître.
À quelle folle erreur me laissé-je emporter !
Il fait tout à dessein de me persécuter.
L'ingrat cherche ma peine, et veut par sa malice
Que l'ordre qu'on me donne augmente mon supplice.
Rentrons, que son objet présenté par hasard
De mon cœur ébranlé ne reprenne une part :
C'est bien assez qu'un père à souffrir me destine,
Sans que mes yeux encore aident à ma ruine.

Scène XII

La Lingère, **le Mercier**

La Lingère, *(après qu'ils se sont entre-poussé une boîte qui est entre leurs boutiques)*.
J'enverrai tout à bas, puis après on verra.
Ardez, vraiment c'est-mon, on vous l'endurera !
Vous êtes un bel homme, et je dois fort vous craindre !

Le Mercier
Tout est sur mon tapis, qu'avez-vous à vous plaindre ?

La Lingère
Aussi votre tapis est tout sur mon battant ;
Je ne m'étonne plus de quoi je gagne tant.

Le Mercier
Là, là, criez bien haut, faites bien l'étourdie,
Et puis on vous jouera dedans la comédie.

La Lingère
Je voudrais l'avoir vu que quelqu'un s'y fût mis !
Pour en avoir raisons nous manquerions d'amis ?
On joue ainsi le monde ?

Le Mercier
Après tout ce langage,
Ne me repoussez pas mes boîtes davantage.
Votre caquet m'enlève à tous coups mes chalands ;
Vous vendez dix rabats contre moi deux galands.
Pour conserver la paix, depuis six mois j'endure
Sans vous en dire mot, sans le moindre murmure ;
Et vous me harcelez et sans cause et sans fin.
Qu'une femme hargneuse est un mauvais voisin !
Nous n'apaiserons point cette humeur qui vous pique
Que par un entre-deux mis à votre boutique ;
Alors, n'ayant plus rien ensemble à démêler,
Vous n'aurez plus aussi sur quoi me quereller.

La Lingère
Justement.

Scène XIII

La Lingère, **Florice**, **le Mercier**, **le Libraire**, **Cléante**

La Lingère
De tout loin je vous ai reconnue.

Florice
Vous vous doutez donc bien pourquoi je suis venue ?
Les avez-vous reçus, ces points-coupés nouveaux ?

La Lingère
Ils viennent d'arriver.

Florice
Voyons donc les plus beaux.

Le Mercier, *à Cléante qui passe.*
Ne vous vendrai-je rien, monsieur ? des bas de soie,
Des gants en broderie, ou quelque petite oie ?

Cléante, *au libraire.*
Ces livres que mon maître avait fait mettre à part,
Les avez-vous encor ?

Le Libraire, *empaquetant ses livres.*
Ah ! que vous venez tard !
Encore un peu, ma foi, je m'en allais les vendre.
Trois jours sans revenir ! je m'ennuyais d'attendre.

Cléante
Je l'avais oublié. Le prix ?

Le Libraire
Chacun le sait ;
Autant de quarts d'écu, c'est un marché tout fait.

La Lingère, *à Florice.*
Eh bien, qu'en dites-vous ?

Florice
J'en suis toute ravie,
Et n'ai rien encor vu de pareil en ma vie.
Vous aurez notre argent, si l'on croit mon rapport.
Que celui-ci me semble et délicat et fort !
Que cet autre me plaît ! que j'en aime l'ouvrage !

Montrez-m'en cependant quelqu'un à mon usage.

La Lingère
Voici de quoi vous faire un assez beau collet.

Florice
Je pense, en vérité, qu'il ne serait pas laid ;
Que me coûtera-t-il ?

La Lingère
Allez, faites-moi vendre,
Et pour l'amour de vous, je n'en voudrai rien prendre,
Mais avisez alors à me récompenser.

Florice
L'offre n'est pas mauvaise, et vaut bien y penser.
Vous me verrez demain avecque ma maîtresse.

Scène XIV

Florice, Aronte, le Mercier, la Lingère

Florice
Aronte, eh bien ! quels fruits produira notre adresse ?

Aronte
De fort mauvais pour moi. Mon maître, au désespoir,
Fuit les yeux d'Hippolyte, et ne veut plus me voir.

Florice
Nous sommes donc ainsi bien loin de notre conte ?

Aronte
Oui, mais tout le malheur en tombe sur Aronte.

Florice
Ne te débauche point, je veux faire ta paix.

Aronte
Son courroux est trop grand pour s'apaiser jamais.

Florice
S'il vient encor chez nous, ou chez sa Célidée,
Je te rends aussitôt l'affaire accommodée.

Aronte
Si tu fais ce coup-là, que ton pouvoir est grand !
Viens, je te veux donner tout à l'heure un galand.

Le Mercier
Voyez, monsieur ; j'en ai des plus beaux de la terre :
En voilà de Paris, d'Avignon, d'Angleterre.

Aronte, *après avoir regardé une boîte de galands.*
Tous vos rubans n'ont point d'assez vives couleurs.
Allons, Florice, allons, il en faut voir ailleurs.

La Lingère
Ainsi, faute d'avoir de bonne marchandise,
Des hommes comme vous perdent leur chalandise.

Le Mercier
Vous ne la perdez pas, vous, mais Dieu sait comment ;
Du moins, si je vends peu, je vends loyalement,

Et je n'attire point avec une promesse
De suivante qui m'aide à tromper sa maîtresse.

La Lingère
Quand il faut dire tout, on s'entre-connaît bien ;
Chacun sait son métier, et... Mais je ne dis rien.

Le Mercier
Vous ferez un grand coup si vous pouvez vous taire.

La Lingère
Je ne réplique point à des gens en colère.

Acte V

Scène première

Lysandre
Indiscrète vengeance, imprudentes chaleurs,
Dont l'impuissance ajoute un comble à mes malheurs,
Ne me conseillez plus la mort de ce faussaire.
J'aime encor Célidée, et n'ose lui déplaire :
Priver de la clarté ce qu'elle aime le mieux,
Ce n'est pas le moyen d'agréer à ses yeux.
L'amour, en la perdant, me retient en balance ;
Il produit ma fureur et rompt sa violence,
Et me laissant trahi, confus et méprisé,
Ne veut que triompher de mon cœur divisé.
Amour, cruel auteur de ma longue misère,
Ou permets à la fin d'agir à ma colère,
Ou, sans m'embarrasser d'inutiles transports,
Auprès de ce bel œil fais tes derniers efforts ;
Viens, accompagne-moi chez ma belle inhumaine,
Et comme de mon cœur, triomphe de sa haine !
Contre toi ma vengeance a mis les armes bas,
Contre ses cruautés rends les mêmes combats ;
Exerce ta puissance à fléchir la farouche ;
Montre-toi dans mes yeux, et parle par ma bouche :
Si tu te sens trop faible, appelle à ton secours
Le souvenir de mille et de mille heureux jours
Où ses désirs, d'accord avec mon espérance,
Ne laissaient à nos vœux aucune différence.
Je pense avoir encor ce qui la sut charmer,
Les mêmes qualités qu'elle voulut aimer.
Peut-être mes douleurs ont changé mon visage ;
Mais, en revanche aussi, je l'aime davantage.
Mon respect s'est accru pour un objet si cher ;
Je ne me venge point, de peur de la fâcher.
Un infidèle ami tient son âme captive,
Je le sais, je le vois et je souffre qu'il vive.
Je tarde trop ; allons, ou vaincre ses refus,
Ou me venger sur moi de ne lui plaire plus,
Et tirons de son cœur, malgré sa flamme éteinte,
La pitié par ma mort, ou l'amour par ma plainte :
Ses rigueurs par ce fer me perceront le sein.

Scène II

Dorimant, **Lysandre**

Dorimant
Eh quoi ! pour m'avoir vu, vous changez de dessein ?
Ne craignez point pour moi d'entrer chez Hippolyte ;
Vous ne m'apprendrez rien en lui faisant visite ;
Mes yeux, mes propres yeux n'ont que trop découvert
Comme un ami si rare auprès d'elle me sert.

Lysandre
Parlez plus franchement : ma rencontre importune
Auprès d'un autre objet trouble votre fortune ;
Et vous montrez assez, par ces faibles détours,
Qu'un témoin comme moi déplaît à vos amours ;
Vous voulez seul à seul cajoler Célidée ;
La querelle entre nous sera bientôt vidée :
Ma mort vous donnera chez elle un libre accès.
Ou ma juste vengeance un funeste succès.

Dorimant
Qu'est-ce-ci, déloyal ? quelle fourbe est la vôtre ?
Vous m'en disputez une, afin d'acquérir l'autre !
Après ce que chacun a vu de votre feu,
C'est une lâcheté d'en faire un désaveu.

Lysandre
Je ne me connais point à combattre d'injures.

Dorimant
Aussi veux-je punir autrement tes parjures :
Le ciel, le juste ciel, ennemi des ingrats,
Qui pour ton châtiment a destiné mon bras,
T'apprendra qu'à moi seul Hippolyte est gardée.

Lysandre
Garde ton Hippolyte.

Dorimant
Et toi, ta Célidée.

Lysandre
Voilà faire le fin, de crainte d'un combat.

Dorimant

Tu m'imputes la crainte, et ton cœur s'en abat !

Lysandre
Laissons à part les noms ; disputons la maîtresse,
Et pour qui que ce soit, montre ici ton adresse.

Dorimant
C'est comme je l'entends.

Scène III

Célidée, **Lysandre**, **Dorimant**

Célidée
Ô dieux ! ils sont aux coups !
(*À Lysandre.*)
Ah ! perfide ! sur moi détourne ton courroux ;
La mort de Dorimant me serait trop funeste.

Dorimant
Lysandre, une autre fois nous viderons le reste.

Célidée, *à Dorimant.*
Arrête, cher ingrat !

Lysandre
Tu recules, voleur !

Dorimant
Je fuis cette importune, et non pas ta valeur.

<h2 style="text-align:center">Scène IV</h2>

Lysandre, **Célidée**

Lysandre
Ne suivez pas du moins ce perfide à ma vue :
Avez-vous résolu que sa fuite me tue,
Et qu'ayant su braver son plus vaillant effort,
Par sa retraite infâme il me donne la mort ?
Pour en frapper le coup, vous n'avez qu'à le suivre.

Célidée
Je tiens des gens sans foi si peu dignes de vivre,
Qu'on ne verra jamais que je recule un pas
De crainte de causer un si juste trépas.

Lysandre
Eh bien, voyez-le donc ; ma lame toute prête
N'attendait que vos yeux pour immoler ma tête.
Vous lirez dans mon sang, à vos pieds répandu,
Ce que valait l'amant que vous aurez perdu ;
Et sans vous reprocher un si cruel outrage,
Ma main de vos rigueurs achèvera l'ouvrage.
Trop heureux mille fois si je plais en mourant
À celle à qui j'ai pu déplaire en l'adorant,
Et si ma prompte mort, secondant son envie,
L'assure du pouvoir qu'elle avait sur ma vie !

Célidée
Moi, du pouvoir sur vous ! vos yeux se sont mépris ;
Et quelque illusion qui trouble vos esprits
Vous fait imaginer d'être auprès d'Hippolyte.
Allez, volage, allez où l'amour vous invite ;
Dans ses doux entretiens recherchez vos plaisirs,
Et ne m'empêchez plus de suivre mes désirs.

Lysandre
Ce n'est pas sans raison que ma feinte passée
A jeté cette erreur dedans votre pensée.
Il est vrai, devant vous forçant mes sentiments,
J'ai présenté des vœux, j'ai fait des compliments ;
Mais c'étaient compliments qui partaient d'une souche ;
Mon cœur, que vous teniez, désavouait ma bouche.
Pleirante, qui rompit ces ennuyeux discours,
Sait bien que mon amour n'en changea point de cours ;
Contre votre froideur une modeste plainte

88/98

Fut tout notre entretien au sortir de la feinte ;
Et je le priai lors...

Célidée

D'user de son pouvoir ?
Ce n'était pas par là qu'il me fallait avoir.
Les mauvais traitements ne font qu'aigrir les âmes.

Lysandre

Confus, désespéré du mépris de mes flammes,
Sans conseil, sans raison, pareil aux matelots
Qu'un naufrage abandonne à la merci des flots,
Je me suis pris à tout, ne sachant où me prendre.
Ma douleur par mes cris d'abord s'est fait entendre ;
J'ai cru que vous seriez d'un naturel plus doux,
Pourvu que votre esprit devînt un peu jaloux ;
J'ai fait agir pour moi l'autorité d'un père,
J'ai fait venir aux mains celui qu'on me préfère ;
Et puisque ces efforts n'ont réussi qu'en vain,
J'aurai de vous ma grâce, ou la mort de ma main.
Choisissez, l'une ou l'autre achèvera mes peines ;
Mon sang brûle déjà de sortir de mes veines :
Il faut, pour l'arrêter, me rendre votre amour ;
Je n'ai plus rien sans lui qui me retienne au jour.

Célidée

Volage, fallait-il, pour un peu de rudesse,
Vous porter si soudain à changer de maîtresse ?
Que je vous croyais bien d'un jugement plus meur !
Ne pouviez-vous souffrir de ma mauvaise humeur ?
Ne pouviez-vous juger que c'était une feinte
À dessein d'éprouver quelle était votre atteinte ?
Les dieux m'en soient témoins, et ce nouveau sujet
Que vos feux inconstants ont choisi pour objet,
Si jamais j'eus pour vous de dédain véritable,
Avant que votre amour parût si peu durable !
Qu'Hippolyte vous die avec quels sentiments
Je lui fus raconter vos premiers mouvements,
Avec quelles douceurs je m'étais préparée
À redonner la joie à votre âme éplorée !
Dieux ! que je fus surprise, et mes sens éperdus,
Quand je vis vos devoirs à sa beauté rendus !
Votre légèreté fut soudain imitée :
Non pas que Dorimant m'en eût sollicitée ;
Au contraire, il me fuit, et l'ingrat ne veut pas
Que sa franchise cède au peu que j'ai d'appas ;
Mais, hélas ! plus il fuit, plus son portrait s'efface.
Je vous sens, malgré moi, reprendre votre place.
L'aveu de votre erreur désarme mon courroux ;
Ne redoutez plus rien, l'amour combat pour vous.
Si nous avons failli de feindre l'un et l'autre,

Pardonnez à ma feinte, et j'oublierai la vôtre.
Moi-même je l'avoue à ma confusion,
Mon imprudence a fait notre division.
Tu ne méritais pas de si rudes alarmes :
Accepte un repentir accompagné de larmes ;
Et souffre que le tien nous fasse tour à tour
Par ce petit divorce augmenter notre amour.

Lysandre

Que vous me surprenez ! Ô ciel ! est-il possible
Que je vous trouve encore à mes désirs sensible ?
Que j'aime ces dédains qui finissent ainsi !

Célidée

Et pour l'amour de toi, que je les aime aussi !

Lysandre

Que ce soit toutefois sans qu'il vous prenne envie
De les plus essayer au péril de ma vie.

Célidée

J'aime trop désormais ton repos et le mien ;
Tous mes soins n'iront plus qu'à notre commun bien.
Voudrais-je, après ma faute, une plus douce amende
Que l'effet d'un hymen qu'un père me commande ?
Je t'accusais en vain d'une infidélité :
Il agissait pour toi de pleine autorité,
Me traitait de parjure et de fille rebelle ;
Mais allons lui porter cette heureuse nouvelle ;
Ce que pour mes froideurs il témoigne d'horreur
Mérite bien qu'en hâte on le tire d'erreur.

Lysandre

Vous craignez qu'à vos yeux cette belle Hippolyte
N'ait encor de ma bouche un hommage hypocrite ?

Célidée

Non, je fuis Dorimant qu'ensemble j'aperçoi ;
Je ne veux plus le voir, puisque je suis à toi.

Scène V

Dorimant, **Hippolyte**

Dorimant
Autant que mon esprit adore vos mérites,
Autant veux-je de mal à vos longues visites.

Hippolyte
Que vous ont-elles fait pour vous mettre en courroux ?

Dorimant
Elles m'ôtent le bien de vous trouver chez vous.
J'y fais à tous moments une course inutile ;
J'apprends cent fois le jour que vous êtes en ville ;
En voici presque trois que je n'ai pu vous voir,
Pour rendre à vos beautés ce que je sais devoir ;
Et n'était qu'aujourd'hui cette heureuse rencontre,
Sur le point de rentrer, par hasard me les montre,
Je crois que ce jour même aurait encor passé
Sans moyen de m'en plaindre aux yeux qui m'ont blessé.

Hippolyte
Ma libre et gaie humeur hait le ton de plainte ;
Je n'en puis écouter qu'avec de la contrainte.
Si vous prenez plaisir dedans mon entretien,
Pour le faire durer ne vous plaignez de rien.

Dorimant
Vous me pouvez ôter tout sujet de me plaindre.

Hippolyte
Et vous pouvez aussi vous empêcher d'en feindre.

Dorimant
Est-ce en feindre un sujet qu'accuser vos rigueurs ?

Hippolyte
Pour vous en plaindre à faux, vous feignez des langueurs.

Dorimant
Verrais-je sans languir ma flamme qu'on néglige ?

Hippolyte
Éteignez cette flamme où rien ne vous oblige.

Dorimant
Vos charmes trop puissants me forcent à ces feux.

Hippolyte
Oui, mais rien ne vous force à vous approcher d'eux.

Dorimant
Ma présence vous fâche et vous est odieuse.

Hippolyte
Non ; mais tout ce discours la peut rendre ennuyeuse.

Dorimant
Je vois bien ce que c'est ; je lis dans votre cœur :
Il a reçu les traits d'un plus heureux vainqueur ;
Un autre, regardé d'un œil plus favorable,
À mes submissions vous fait inexorable ;
C'est pour lui seulement que vous voulez brûler.

Hippolyte
Il est vrai ; je ne puis vous le dissimuler :
Il faut que je vous traite avec toute franchise.
Alors que je vous pris, un autre m'avait prise,
Un autre captivait mes inclinations.
Vous devez présumer de vos perfections
Que si vous attaquiez un cœur qui fût à prendre,
Il serait malaisé qu'il s'en pût bien défendre.
Vous auriez eu le mien, s'il n'eût été donné ;
Mais puisque les destins ainsi l'ont ordonné,
Tant que ma passion aura quelque espérance,
N'attendez rien de moi que de l'indifférence.

Dorimant
Vous ne m'apprenez point le nom de cet amant :
Sans doute que Lysandre est cet objet charmant
Dont les discours flatteurs vous ont préoccupée.

Hippolyte
Cela ne se dit point à des hommes d'épée :
Vous exposer aux coups d'un duel hasardeux,
Ce serait le moyen de vous perdre tous deux.
Je vous veux, si je puis, conserver l'un et l'autre ;
Je chéris sa personne, et hais si peu la vôtre,
Qu'ayant perdu l'espoir de le voir mon époux,
Si ma mère y consent, Hippolyte est à vous.
Mais aussi jusque-là plaignez votre infortune.

Dorimant
Permettez pour ce nom que je vous importune ;
Ne me refusez plus de me le déclarer :
Que je sache en quel temps j'aurai droit d'espérer,

Un mot me suffira pour me tirer de peine ;
Et lors j'étoufferai si bien toute ma haine,
Que vous me trouverez vous-même trop remis.

Scène VI

Pleirante, **Lysandre**, **Célidée**, **Dorimant**, **Hippolyte**

Pleirante
Souffrez, mon cavalier, que je vous rende amis.
Vous ne lui voulez pas quereller Célidée ?

Dorimant
L'affaire, à cela près, peut être décidée.
Voici le seul objet de nos affections,
Et l'unique motif de nos dissensions.

Lysandre
Dissipe, cher ami, cette jalouse atteinte ;
C'est l'objet de tes feux, et celui de ma feinte.
Mon cœur fut toujours ferme, et moi je me dédis
Des vœux que de ma bouche elle reçut jadis.
Piqué d'un faux dédain, j'avais pris fantaisie
De mettre Célidée en quelque jalousie ;
Mais, au lieu d'un esprit, j'en ai fait deux jaloux.

Pleirante
Vous pouvez désormais achever entre vous :
Je vais dans ce logis dire un mot à madame.

Scène VII

Dorimant, **Lysandre**, **Célidée**, **Hippolyte**

Dorimant
Ainsi, loin de m'aider, tu traversais ma flamme !

Lysandre
Les efforts que Pleirante à ma prière a faits
T'auraient acquis déjà le but de tes souhaits ;
Mais tu dois accuser les glaces d'Hippolyte,
Si ton bonheur n'est pas égal à ton mérite.

Hippolyte
Qu'aurai-je cependant pour satisfaction
D'avoir servi d'objet à votre fiction ?
Dans votre différend je suis la plus blessée,
Et me trouve, à l'accord, entièrement laissée.

Célidée
N'y songe plus, de grâce, et pour l'amour de moi,
Trouve bon qu'il ait feint de vivre sous ta loi.
Veux-tu le quereller lorsque je lui pardonne ?
Le droit de l'amitié tout autrement ordonne.
Tout prêts d'être assemblés d'un lien conjugal,
Tu ne peux le haïr sans me vouloir du mal.
J'ai feint par ton conseil ; lui, par celui d'un autre ;
Et bien qu'amour jamais ne fût égal au nôtre,
Je m'étonne comment cette confusion
Laisse finir si tôt notre division.

Hippolyte
De sorte qu'à présent le ciel y remédie ?

Célidée
Tu vois ; mais après tout, s'il faut que je le die,
Ton conseil est fort bon, mais un peu dangereux.

Hippolyte
Excuse, chère amie, un esprit amoureux.
Lysandre me plaisait, et tout mon artifice
N'allait qu'à détourner son cœur de ton service.
J'ai fait ce que j'ai pu pour brouiller vos esprits ;
J'ai, pour me l'attirer, pratiqué tes mépris ;
Mais puisqu'ainsi le ciel rejoint votre hyménée...

95/98

Dorimant
Votre rigueur vers moi doit être terminée.
Sans chercher de raisons pour vous persuader,
Votre amour hors d'espoir fait qu'il me faut céder ;
Vous savez trop à quoi la parole vous lie.

Hippolyte
À vous dire le vrai, j'ai fait une folie :
Je les croyais encor loin de se réunir,
Et moi, par conséquent, loin de vous la tenir.

Dorimant
Auriez-vous pour la rompre une âme assez légère ?

Hippolyte
Puisque je l'ai promis, vous pouvez voir ma mère.

Lysandre
Si tu juges Pleirante à cela suffisant,
Je crois qu'eux deux ensemble en parlent à présent.

Dorimant
Après cette faveur qu'on me vient de promettre,
Je crois que mes devoirs ne se peuvent remettre :
J'espère tout de lui ; mais, pour un bien si doux
Je ne saurais...

Lysandre
Arrête ; ils s'avancent vers nous.

Scène VIII

Pleirante, Chrysante, Lysandre, Dorimant, Célidée, Hippolyte, Florice

Dorimant, *à Chrysante.*
Madame, un pauvre amant, captif de cette belle,
Implore le pouvoir que vous avez sur elle ;
Tenant ses volontés, vous gouvernez mon sort.
J'attends de votre bouche ou la vie ou la mort.

Chrysante, *à Dorimant.*
Un homme tel que vous, et de votre naissance,
Ne peut avoir besoin d'implorer ma puissance.
Si vous avez gagné ses inclinations,
Soyez sûr du succès de vos affections ;
Mais je ne suis pas femme à forcer son courage ;
Je sais ce que la force est en un mariage.
Il me souvient encor de tous mes déplaisirs
Lorsqu'un premier hymen contraignit mes désirs ;
Et, sage à mes dépens, je veux bien qu'Hippolyte
Prenne ou laisse, à son choix, un homme de mérite.
Ainsi présumez tout de mon consentement,
Mais ne prétendez rien de mon commandement.

Dorimant, *à Hippolyte.*
Après un tel aveu serez-vous inhumaine ?

Hippolyte, *à Chrysante.*
Madame, un mot de vous me mettrait hors de peine.
Ce que vous remettez à mon choix d'accorder,
Vous feriez beaucoup mieux de me le commander.

Pleirante, *à Chrysante.*
Elle vous montre assez où son désir se porte.

Chrysante
Puisqu'elle s'y résout, le reste ne m'importe.

Dorimant
Ce favorable mot me rend le plus heureux
De tout ce que jamais on a vu d'amoureux.

Lysandre
J'en sens croître la joie au milieu de mon âme,
Comme si de nouveau l'on acceptait ma flamme.

Hippolyte, *à Lysandre.*
Ferez-vous donc enfin quelque chose pour moi ?

Lysandre
Tout, hormis ce seul point, de lui manquer de foi.

Hippolyte
Pardonnez donc à ceux qui, gagnés par Florice,
Lorsque je vous aimais, m'ont fait quelque service.

Lysandre
Je vous entends assez ; soit. Aronte impuni
Pour ses mauvais conseils ne sera point banni ;
Tu le souffriras bien, puisqu'elle m'en supplie.

Célidée
Il n'est rien que pour elle et pour toi je n'oublie.

Pleirante
Attendant que demain ces deux couples d'amants
Soient mis au plus haut point de leurs contentements,
Allons chez moi, madame, achever la journée.

Chrysante
Mon cœur est tout ravi de ce double hyménée.

Florice
Mais afin que la joie en soit égale à tous,
Faites encor celui de monsieur et de vous.

Chrysante
Outre l'âge en tous deux un peu trop refroidie,
Cela sentirait trop sa fin de comédie.